作曲少女2

仰木日向 著
まつだひかり 繪
徐欣怡 譯

○開場

「高中生活一眨眼就過去了呢。」

「嗯？啊，說的也是耶。明明感覺不久前才剛上高中。」

三月上旬，寒意未消的冬季冷風呼嘯著，捎來校門前面及中庭傳來的愉快喧鬧聲，和似乎有人正在哭泣的對話聲。我倚在窗前的扶手上，從二樓教室窗邊向下望著眾多學生的身影，不由得多愁善感起來。——我叫山波彩葉，今天是三年級學長姊的畢業典禮。

……而明年此時，我也會跟現在這群一下子哭一下子笑的學長姊一樣，從學校畢業，為高中生活畫下句點。

但，在畢業前我有想做的事。

「……欸，小珠，我呀，有個計畫。」

「計畫？」

小珠坐在我後面，把書包擺在桌上當枕頭來靠，一副悠哉的樣子。這名頭上戴著繡有品牌商標的玩偶帽的女孩叫黑白珠美，她還有另一個身分——專業作曲人。

我回過頭說：「國中時以為高中生活應該會有很多好玩的事。……雖然現在才說有點晚了，但我最近終於發現好玩的事得自己創造才行！」

「喔喔，對啊。還是小孩時，大人會帶我們體驗一些玩樂活動，但上了國中之後就很少了吧。」

「是耶。」

小珠對很多事情的看法總有遠超出高中生年紀的深刻領悟。這次她依舊用不疾不徐的口氣，一語點出事實。果然是這樣呢。我也一直這麼想。

「所以呀！我擬了計畫！妳看這個，小珠！」

「……？喔！這什麼？」

「就是上面寫的這樣啊。」

「上面寫的哪樣啊？」

我的筆記本上寫滿了想做的事。小珠看著這份「青春計畫」，眼睛不停眨動。她懂嗎？就是上面寫的這樣啊！

「所以呀，好不容易會作曲了，很自然會想嘗試更多吧？像是成立社團、參加比賽啦，青春不留白嘛！再一年就過了如花似玉的年紀了耶！」

「還青春咧，妳呀……居然一臉稀鬆平常地講這種讓人有點害羞的話。不過很有妳的風格啦，彩葉。」

「咦？我有說什麼會讓人害羞的話嗎？」

「哎呀呀，算了。嗯……作曲社呀……話說回來，好像沒聽過學校有『作曲社』耶。」

「沒有才好啊，小珠。就是沒有才叫創造嘛。」

「……『就是沒有才叫創造』？妳現在這麼積極追求原創性啦。但這種精神值得嘉許。這種感覺，我很喜歡。」

「就是這個字眼！小珠，我現在很渴望原創性。充滿原創性的生活、原創的價值觀、原創的曲子，不模仿任何人，是只屬於我的東西！」

「這倒是個好想法。原來如此。妳差不多開始對『風格重組』有點膩了吧？」

「咦？啊……嗯。」

青春計畫清單

- 校慶時想做點什麼
- 想去打工 !!
- 想辦夜宿營
- 想吃吃逛逛 !!
- 想辦一場爆米花派對
- 開睡衣派對 !!
- 好玩的事全都想做 !!
- 創立作曲社 !!
- 想參加比賽 !!
- 中庭 LIVE 演出 !!
- 增加新成員

我至今記憶猶新。去年寒假，小珠教我「十四天完成曲子」的方法，其中的風格重組技巧簡直像開外掛的神技。只要用那一招，幾乎就是要寫多少首都能信手捻來。只是，難免美中不足。用那種方法寫曲，會缺少一點原創性。雖然可以讓人一首接一首地創作，十分厲害。但是，該怎麼說才好呢，感覺不太能稱為完全原創的歌曲。有點像是……缺少了一點掌握在自己手中的實感。

「開始覺得風格重組無法滿足妳，就表示時機成熟了。或許差不多該來拆掉輔助輪，做百分之百的『彩葉原創』了。」

「妳的意思是，不靠風格重組了對吧？……我可以嗎？」

「我說過呀，風格重組就像是模仿。現在妳已經會作曲，下一步自然會想寫原創曲吧？」

「我想要！超、級、想、要！」

「啊哈哈——不錯喔！」

小珠把筆記本還給我，又伸了個懶腰。她嘴裡喊著「喔！好冷好冷」，一面把圍巾圍上脖子。

「不過，作曲社也行呀。彩葉想玩的話，我奉陪到底。」

「太棒了！啊，對了，剛剛那個『青春計畫』……小珠，妳想先做哪件事？社團排第一的話，一定要搞一場LIVE吧？」

「欸。那、那個……計畫，就決定叫這個名字了嗎？」
「？……青春計畫啊。」
「是喔。好吧，就這樣吧。」
「聽起來很遜嗎？」
「不會不會，不遜，完全不遜！這樣反而好！」
「妳說反而，就是很遜的意思嘛？」
「啊——不是啦！我不是這個意思，我心想虧妳想得到啦！哈哈！唸起來節奏明快，真的很棒！非常棒！很有天分，我絕不可能想出來！充滿原創性！」
「是、是這樣嗎？其實也沒什麼啦。」
「那，那個什麼？作曲社？就來成立吧？」
「嗯！妳看著吧，我一定要成立作曲社！我們的青春可是才正要開始呢！」

目次

第一話

小珠，我，和另一個人

「小珠，我不行了。心好累……」

「妳已經要放棄啦？」

——春季。自宣告青春計畫的那天起，又過了一小段時間，邁入新學年的我們升上高三了。不久前還很擔心沒辦法和小珠分到同一班，幸好我們都被分到三年二班，我撫著胸口大大鬆了一口氣。各科老師是誰？誰是第一次同班？這次班級大洗牌的震盪，一直到四月上旬才總算慢慢地平靜下來。我心也累了。

「冷靜想想，對作曲有興趣的人根本沒幾個吧？」

「嗯，而且升上高三才開始玩社團的人很少吧。要玩早就玩了。」

午休時間的教室。原本就對社團活動沒太大興趣的小珠，把她最近好像很熱衷的指尖陀螺（前一陣子流行的一種會不停旋轉的玩具）放在桌上，一邊轉動一邊吃午餐。用餐禮儀不太好呢。

「……社團活動雖然很有青春氣息，但果然沒那麼容易。」

「成立社團有這麼困難嗎？」

「嗯。老實說是我太天真了。看完資料之後，受到不小打擊呢。」

在漫畫或動畫裡，感覺隨隨便便就能創社啊，但現實並沒有那麼容易。首先，必須有五名社員及一名指導老師（這可是大難關），還有必須和學生會成員討論社團活動的場地，而且社團活動的內容還需要經過學校認可，一堆雜七雜八的事情。這時我才明白，要成立學校認可的社團，竟有這麼多程序。

「唉……青春計畫才剛開始就撞牆啦……該怎麼辦才好咧？只剩一年而已了。」

垂頭喪氣的我不經意地伸手輕輕轉動小珠的指尖陀螺。啊，好玩耶。

「對了，彩葉，招募社員的海報有附上妳寫的那首曲子的連結吧？曲子的反應如何？」

「那個喔，毫無反應耶。搞不好根本沒人聽。」

小珠滿不在乎地把厚煎蛋送進嘴裡，那雙眼神看起來既像在發呆，又像在沉思。

「……沒差啦，就算不是社團活動，還是可以作曲啊。我們呢，就輕輕鬆鬆、優哉游哉地跟平常一樣不好嗎？」

「嗯。……啊，小珠，妳其實不喜歡社團吧？」

「我是只要能作曲，其他都無所謂。彩葉就照妳的計畫進行吧。」

看著小珠一貫的自在神態，我也稍稍放鬆心情。就好像她在向我說「沒問題啦」的感覺。

「……說的也是。嗯。或許是我太心急了。」

＊～＊～＊～＊～＊～＊～＊

上完一節又一節和平常差不多的課，終於放學了。小珠是今日的打掃值日生，我拿著包包和樂器在校園亂晃，等她一起回家。

——說到這個樂器啊，它是 YAMAHA 新出品的「SHS-500・紅」肩背式合成器鍵盤（簡稱肩背式鍵盤），跟吉他一樣可以背在肩上，很方便。它還有專屬的長方形琴盒。可是花光我的新年軍援資金（紅包）呢。……但很值得，外觀真的太可愛！琴身圓潤修長，完美詮釋什麼叫做可愛風格！重量也很輕呢。以前的肩背式鍵盤多半走粗獷帥氣路線，但這孩子徹底走可愛風格，格外特別呢！我當時看到它就被征服了，打從第一眼就很確定「就是它了」。老實說，我原本連肩背式鍵盤是什麼都不知道，但自從一見鍾情買下它之後，我就算不彈也會經常背著它走來走去，進化成會隨身背樂器的高中生了。大概是從一個禮拜前開始。

（呵呵呵……我的小紅琴超級可愛。）

甚至，它可愛到讓人覺得裝在琴袋裡不露臉實在很可惜。好想讓更多人瞧瞧它可愛的模樣。好想讓它發出我喜歡的音色「DXbass」。Octave 要設＋01，變調滑輪 Pitch Bend 則是07！（這也是小珠推薦的設定參數）

說到這，肩背式鍵盤原本是專為現場表演設計的鍵盤吧，原來如此……於是，它在我心底種下 LIVE 表演的夢想種子。

「待我瞧瞧……」

反正，我有預感接下來會有很多好玩的事。不過，成立作曲社說不定真的沒辦法喔。雖然我覺得那是青春計畫很重要的一環，但就像小珠說的一樣，就算沒有社團，我和小珠還是可以一起做很多好玩的事。

我站在樓梯轉彎處的平台上，盯著布告欄上面貼的海報。「作曲社！徵求社員！」我看著這張畫風幼稚、手工笨拙的海報，覺得有點不好意思，正當打算伸手將它撕除，當作這件事沒發生過時……

「——那個。那張海報……妳要撕掉嗎？」

「？」

旁邊一個女生小聲搭話。……她是二年級生嗎？

「對，我要撕掉，怎麼了嗎？」

那個女生個子嬌小，瀏海長到遮住雙眼，頭髮長度稍微過肩。第一眼印象該說是有點土嗎？總之是髮量很茂密的那一種類型。我的形容可能不太好，但就是很不起眼的女生。另外，給人感覺有點陰沉？虛弱？好像一陣強風颳來就會把她吹倒一樣。頭上還綁了一個偏大的蝴蝶結，嗯……感覺不太適合她（這樣說好像有點太過分了）。

「……作曲社……徵求社員的期限，已經過了嗎？」

那個女生不停地搓著手指，神態扭扭捏捏。雙眼被瀏海蓋住看不見，讀不出她的言外之意，但那道微弱的聲音流露出遺憾的感覺。

……等等！她剛剛說了什麼!?

「徵……我們還在徵喔！積極徵求中！熱情徵求中！」

「咦……啊……」

我反應太激動了，嚇到那個二年級女生的雙肩都抖了一下。我見狀，趕緊清清喉嚨，順了順呼吸，讓自己冷靜下來。這種時候要穩重，慢慢地好好說……

「啊啊，抱歉抱歉，嚇到妳了吧。啊哈哈！說起來有點不好意思，我們還在徵求社員，只是都沒人報名，我想差不多該死心了，所以正打算撕下海報。如果妳願意加入，我們就有三個人了，但人數還是不夠啦。」

……我一邊說，腦中一邊飛快思考。好不容易有人感興趣，可是一個人數不足、完全不活躍的社團，她應該不會想參加吧。要是讓人家加入後又讓人大失所望，就太不好意思了。雖然很可惜，但現在應該把話講清楚。

「目前也還沒有找到指導老師……總之不是徵求截止時間點的問題，連社團能否成立都成了問題。」

「……這樣呀。」

我不曉得她有多大的興趣，但是，作曲社以後再說吧。我們照現在這樣也很好。

部員募集!!

「日後若社團能成立，我會再張貼海報，到時要來參加喔。」

「那個……」

「嗯？還有什麼事嗎？」

「海報上的連結……那首曲子……是誰寫的呢？」

……海報上的連結？是我寫的那首曲子，作曲者是我啊，咦？怎麼了嗎？她為什麼問這個問題？難道，她聽了！

「咦？那個嗎？……啊哈哈！是我寫的曲子啦，很久以前寫的。我現在會的更多呢……我想讓大家聽聽看作曲新手的生澀作品，或許會吸引到志同道合的人。（真心話是雖然寫了好幾首，但還是最喜歡第一首）啊哈哈……那首曲子怎麼了嗎？妳……妳聽過了是嗎？怎……怎麼樣？啊哈哈……果然不怎麼樣嗎？」

「學姊，是妳寫的曲子呀？」

「啊，嗯。」

「聽了那首曲子之後，讓我……想加入作曲社，突然有這種想法。」

「……啊啊。啊哈哈。這樣呀。咦——？是喔。謝謝。」

……等一下。

現在到底是什麼情況？她剛才說了什麼？啊，反正一定又是那樣吧？和平常一樣是我搞錯狀況空歡喜一場吧？八成就是那樣。（難道她暗戀我？？）我腦中竟然閃過這個念頭。怎麼可能嘛！拜託，自我意識過剩也要有個限度。我懂我懂。她又不是說聽了我的曲子後想要加入作曲社……不對！她剛才的確是這樣說吧！咦？等等……咦咦？她是認真的嗎？我該怎麼回才好？……總、總之……

「等等……我應該沒聽錯吧，妳真的聽了這張海報上的連結音檔對吧？」

「對。沒錯……曲名是〈倆人的禮物〉？」

「嗯。」

……她說的是我的曲子！被別人說出來，怎麼感覺有點害羞！欸，我需要幫她簽名嗎？糟糕，我根本沒想過這種事！咦？所以這位學妹真的是因為聽了我的曲子，才想加入作曲社？為什麼呢？不對，自己招生還問為什麼也太蠢了，但老實說，我覺得這種事不會發生在我身上！

「對、對了，那個，妳對作曲感興趣嗎？」

「……對。那個……我想寫出像學姊那樣的曲子，一定很棒。」

——我長這麼大第一次被後輩告白!?

我，山波彩葉，這十七年來的人生中，嘗試過各種事，但全都慘遭挫折，最後一件都沒能堅持下來。應該大部分人……或者說有參加社團的人，多半在國二時就會意識到學姊學妹的關係，說穿了就是一種上下關係的文化，但我國一加入歌牌社才兩個禮拜就退出了，高一時參加烹飪社也是一個月後就放棄了，又沒其他機會以學姊身分和學弟妹相處，因此至今一次都不曾被人叫過學姊。

……我是學姊耶。她說「想寫出像學姊那樣的曲子」……崇拜的山波學姊……山、波、學、姊……這、這個……

「那個，我想想。啊哈哈，不……不好意思耶，哈……一種陌生感讓我大腦當機了，現在有點不曉得該說什麼才好……對了，妳叫什麼名字？」

「啊……美空……鶯。」

「美空鶯？名字真可愛耶！謝謝妳喜歡我的曲子，我很高興。」

我拿出學姊的架式，泰然自若地用成熟語氣這麼說。其實我根本高興到想立刻衝上樓打開窗戶朝外面大叫，但那樣做有失學姊的威嚴。我可是沉穩可靠的學姊。

——啊啊！我想要的就是這個！這句話！這種眼神！

「那個，我可以叫妳……小鶯嗎？如果還想參加的話，我來努力創社看看好了？……如何？」

「……真的嗎？」

「嗯！好不容易來了一個對作曲有興趣的學妹啊，我應該再努力一下。」

……其實應該說，我想創社想得不得了。情況都發展成這樣了，哪有不創社的道理！

「……那個……不過，我的加入會不會……礙事？」

「怎麼可能礙事！小鶯，不管妳身處這個世界上的任何地方，都不會礙事喔。特別是我和作曲社，非常需要妳喔！」

「……啊。」

「我一定會成立作曲社，妳等我！」

「嗯。」

瀏海蓋住眼睛，聲音小，不起眼……啊啊，不對不對，剛才那句話說錯了。不是不起眼，而是文靜溫和，拘謹又體貼的可愛學妹。我帶著和氣的語調，略顯開心地輕聲這樣說。

～～*～*～*～*

「噠啦噠啦噠啦～♪妳、回、來、了、啊♪啦～啦啦～嚕啦～♪」

「小珠！小珠！妳看這邊！這邊！」

「喔！是彩葉啊。我正在打掃門口的鞋櫃呢！快掃完了。再等我一下。」

「妳好……」

「？……喔，啊，妳好……彩葉，她是妳朋友？」

我來找小珠時，她正一邊哼歌一邊打掃。學妹就站在我身旁。小珠原本愉快哼歌的聲音，在看到陌生人的瞬間，立刻變得含糊不清。

「小珠！有人想加入社團！有人了！有人了！怎麼辦？」

「真的嗎？咦……那個……妳問我該怎麼辦……我……我也不知道啊。」

「來，小鶯，自我介紹一下吧！她是我同班同學小珠！」

「啊！我是二年一班的美空。請多多指教。」

「她叫美空鶯！是第一個想加入作曲社的人喔！根本沒想過會有學妹加入，妳說是不是！這下子再找兩個人就可以了耶！」

「……喔，……對耶，啊哈哈，學妹想加入喔，加入作曲社……嗎？」

小珠開始語無倫次了……看來，害羞怕生的個性果然很難改啊。

「……妳還好嗎？小珠？」

「啊！嗯……沒問題！妳、妳好！美空鶯小姐！我、我是……嗯……黑白珠美！活力旺盛的高中生！Hello！How are you！」

「妳……妳好……」

「這樣妳們就算認識了喔！呼——！哎呀，現在都快春天了，還是好冷喔。不過，乾燥的風中飄著一股煤油暖爐的氣味，其實很舒服呢！」

「……？好像是喔。」

小珠一副突然想到什麼似的說：「那個……唔……妳喜歡拼圖嗎？」

「拼圖嗎……普通耶。」

「也是。當我沒問。那……那……啊……」

「不好意思。應該說不討厭，算是喜歡。」

（不行不行不行不行，這樣不行。兩位，等我一下！我來解救妳們！）

小珠明顯慌了手腳，直冒冷汗。她真的很不擅長跟初次見面的人攀談閒聊。對話無以為繼

（不，雖然有持續一問一答，但內容太詭異了）的兩人，實在讓我看不下去了，只好跳出來提供話題。

「小鶯，其實小珠她啊，很厲害喔。她可是作曲……」

等一下，糟糕！我突然想到，要是小鶯得知小珠是專業作曲人，肯定會大吃一驚，然後轉向崇拜她，就把我放一邊吧？怎麼可以！我還想享受一下被學妹崇拜的優越感啊……

「小珠是……作曲高手喔！」

「真的嗎？」

「喔喔，這話題不錯！我們就聊作曲吧！沒錯，我算是高手喔！」

……我這樣不算說謊吧？小珠何止是高手，還是專業作曲人呢。

「美空，妳為什麼想加入作曲社呢？……有作曲經驗嗎？還是就想嘗試看看？」

「啊，抱歉，我沒有經驗……」

「妳不用抱歉啦，有心嘗試很棒啊。」

「嗯！彩葉說的對！這句話說的真好！」

「沒有任何音樂經驗也可以！連我都學會了，小鶯一定沒問題！」

「啊……不好意思，其實我不是第一次接觸……國中時學過鋼琴跟管樂，但大概一年沒碰了……」

「喔？」

「……美空以前是吹什麼樂器呢？」

「我在管樂社是吹單簧管和薩克斯風。」

「嘿，很厲害嘛。沒想到學過管樂的人會想加入作曲社。很幸運耶，彩葉！」

「嗯、嗯。」

什麼？小鶯學過管樂？還會彈鋼琴？但她竟然被我的曲子打動？一個玩過音樂的人欣賞作曲

菜鳥的曲子？這是怎麼一回事？作曲難道是另一個領域的東西？

「不過，是什麼理由讓妳有加入作曲社的念頭呢？」

喔，就是這個。幹得好，小珠，就是要問這個。我自己也想再確認一次。

「那是……嗯……」

小鶯扭扭捏捏地小聲說：「我聽了山波學姊的曲子，覺得很棒，很希望自己也能像這樣作曲。」

「是這樣嗎？喔喔喔！眼光很好嘛！原來啊！我也覺得彩葉的曲很不錯！那首曲有獨特的味道對吧？」

「啊……對。」

小珠和小鶯說話的神態忽地開朗起來。怎麼突然變成讚美大會。我一下子收到好多讚美。我沒在做夢吧？……這兩個人是認真的嗎？

小珠再度開口：「該怎麼說咧，可能是新手才有的優點呢。」

咦？

接著又說：「讓我覺得……曲子真的不是光看技巧。」

咦咦咦咦!?

「……啊，啊哈哈——這樣、這樣算是在稱讚我嗎？」

「哎呀，彩葉，怎麼啦？」

「嗯？沒什麼。」

……啊啊。原來如此。難怪，我就覺得奇怪，畢竟我還是菜鳥嘛。她們只當我是作曲新手，所以才覺得我能寫到這樣算不錯了？就像笨拙到反而令人會心一笑……

「妳的笑容有點僵硬喔？」

「有嗎？沒有啊……」

啊啊，加油啊，我臉上的肌肉，快點擠出自然的微笑吧！她們說這些話雖沒惡意，但更加叫人沮喪。

「不過，因為聽了彩葉的曲子想加入作曲社，這個動機很棒呢。我是黑白珠美！彩葉的同學，熱愛作曲的傢伙。鶯，妳好！」

「妳好。」

小珠再次自我介紹。剛那個講話會語無倫次的害羞女孩不知去哪裡，完全恢復到平常的模樣了。

「那，既然都認識了，要不要一起玩？啊，唱卡拉OK如何？我很愛卡拉OK！雖然只和彩葉去過而已。」

「啊……那個，抱歉，我家裡有事……」

「這樣啊，那就沒辦法了。」

「山波學姊，黑白學姊，很高興跟妳們聊天。」

「啊。叫我珠美就可以了。」

「我也是，叫我彩葉吧，小鶯。」

「好。珠美學姊，彩葉學姊，謝謝妳們。掰掰。」

小鶯十分有禮地道別，我們目送她離開，直到身影消失在鞋櫃前方的大門。我保持微笑到最後一刻，接著立刻轉頭看向小珠。

「……小珠。」

「嗯？」

「幫我特訓！作曲特訓！可以讓我立刻變厲害的那種！」我內心五味雜陳，有點亂糟糟，劈頭就說了這句話。

——我驚人的氣勢讓小珠愣在原地。冬末寒風吹動圍巾，時序已來到四月上旬。心底有一種新事物即將開展的預感，同時也因高中生活即將結束而焦慮起來。就在這般心境中，我的青春計畫稍微有點進展。

……今天就到此為止！

第二話

音階

「作曲特訓呀……但，妳照現在這樣隨心所欲地寫不是很好嗎？」

「一直這樣下去不行啦。拜託了，小珠，把我改造成超級彩葉吧！地獄特訓也沒關係！」

那天放學後，我和小珠到離學校最近的咖啡廳「Birdland」，我請她吃暹羅貓聖代（在香草冰淇淋上插板狀巧克力當作耳朵，還用巧克力醬畫出貓臉的可愛甜點）。店內環境舒適，流洩著前陣子流行的日劇主題曲。

「妳在著急什麼？」

「因為……一直停留在新手程度，我這個學姊就不能成為好榜樣……也有一點面子保不住啊。」

「彩葉，妳這首曲寫得不錯，跟程度沒有絕對關係耶。至於技術部分，只要多寫，也會熟能生巧。鶯剛才不也說了嗎？她是聽了妳寫的曲才想加入作曲社。」

「……那個……不是的，小珠。她可能是覺得『這種程度的曲子，我應該也寫得出來，門檻不高嘛』才想加入。不過，以徵求社員來說，或許算是好結果，總之……我認為她不是真心覺得我的曲很好。」

「咦？彩葉，妳的自我評價也太低了吧？唔哇。這個聖代真好吃。妳要不要吃一口？」

「嗯。我吃一口……」

我拿起湯匙挖了一口，沮喪感清清楚楚寫在臉上。小珠一邊看我，一邊猛吃聖代。

「嗯——不過呀，鶯也說了是一首好曲。」

「唉，我就說不是妳想的那樣！該怎麼說好呢，她的稱讚有弦外之音！我希望她是說曲子很厲害！所以，小珠，教我怎麼寫厲害的曲！」

「厲害的曲？」

「厲害的曲就是厲害的曲啊。就像妳寫給委託人的那種……我不曉得怎麼說啦，大概像西洋歌曲？就是那種聽起來很酷，技術超群的曲子。我想寫會讓小鶯打從心底崇拜我的作品！」

「可是，她不是已經很崇拜妳了嗎？我感覺……」

「……小鶯會鋼琴和管樂，她馬上就會發現了，我只是菜鳥新手，根本一點都不厲害。」

「……我懂了。也就是說，彩葉，妳希望在她心目中是厲害的學姊？」

「嗯，就是這個意思。我這個菜鳥新手想當厲害的學姊。」

「唔——只是，我覺得這好像也不能強求。對了，不然那個怎麼樣？教她織圍巾呢？彩葉不是很在行嗎？」

「圍巾不難啊，一定要是作曲才行啊。」

「喔。」

小珠含著湯匙看向上方，嗯——地沉吟許久。然後，輕聲說：「國中學過管樂的鶯不會的作曲技巧……應該很多……不過得是對妳來說不會太難，又能馬上學會的作曲技巧……嗯，這個要求有點難啊。」

「果然……沒有嗎？還是只能腳踏實地……」

「——沒這回事，有喔。妳說像西洋歌曲嗎？我是不知道妳指的是哪種風格，但有個技巧，學會了就能做更多好玩的事。而且依妳的程度也絕對能夠理解。」

「真的嗎!?有這種東西!?」

「嗯。只要學會這一招，不管是酷炫的曲子或異國風情的曲子都能三兩下做出來喔！」

「教我！就是那個！我一定要學會！」

「哈哈。那就來試試看吧。」

～～*～*～*～*～*

吃完聖代，在等待餐後熱可可上桌的時間，小珠立刻展開特訓。

「彩葉，妳的肩背式鍵盤借我一下。」

「啊。好。」

我從小珠對面的座位，換到小珠隔壁的位置，接過插在肩背式鍵盤上的耳機。兩人並排擠在四人座桌位的單側，把鍵盤放在桌上，各聽著一隻耳機。

「好。馬上就來教妳『會讓鶯大吃一驚！直誇彩葉學姊好厲害！學會了就能做出酷炫曲子的技巧』。」

「拜託妳了！」

「首先必須了解『音階』的概念。」

「音階？」

「對。音階。我先來示範一遍。這個必殺技有多厲害！」

小珠語畢就將肩背式鍵盤上寫著AUX（？）的插孔接上音樂播放器，播放樂曲。哇，還能這樣用啊。好方便。……啊，這好像是爵士樂。雖然不知道曲名叫什麼，但聽起來好時尚。編曲單純，只有鼓、貝斯和鋼琴吧？嗯，應該只有這三種聲音。

「好，然後，我要這樣。」小珠一邊說，一邊用右手彈出很符合那首樂曲，且富有爵士味道的華麗旋律。唔哇——厲害到令人傻眼。咦？等一下？小珠之前不是說她不會彈琴嗎？

「太厲……等一下，小珠，妳果然會彈琴啊⁉」

「噹噹！大概就是這種感覺！哎呀，妳好像誤會了，我不會彈琴。沒騙妳，我真的不會彈。」

「可是妳剛才彈得很好呢。還有那個叫作什麼……即興？妳還可以即興耶。還是即興具有成熟大人魅力的爵士，根本超出高中生的能力。」

「沒錯。不會彈琴的我為什麼可以做到呢？臉上寫滿『我就是爵士鋼琴手』的自信，順暢彈出具有爵士風味、很酷又有模有樣的旋律咧？這裡面當然是有訣竅……」
「有訣竅？」
「這個訣竅，彩葉，妳從今天起也會了喔。」
「真的嗎⁉妳是認真的嗎⁉」
咦？學會之後，我就可以上台表演了吧！我是不是就進化成鍵盤樂手・山波彩葉了？但我還是很懷疑，於是有點自嘲的口吻說道。

「呿，怎麼可能啦。小珠，我真的連一點鋼琴基礎都沒有耶！明明買了肩背式鍵盤還強調這一點好像有點遜就是了。」
「喔，我就知道妳會這樣想。不過呀，能讓妳美夢成真的就是『音階』這個概念。」
「喔？」
「我要在鍵盤上貼便利貼。很好撕下來的那種。」
「嗯，請便。」在我同意之後，小珠就從鉛筆盒裡拿出便利貼，只剪下有黏性的部分，把便利貼剪成小塊四方形。然後，逐一貼到鍵盤上。
「這樣就可以了。簡易的標示。」
我看向貼好標示的鍵盤，那些便利貼的黏貼位置相當怪，對我來說是一種很陌生，並不自然的排列方式。有些相鄰的兩個琴鍵都有貼。感覺上特別集中在某一處？

「小珠，這個是配合調來貼……嗎？可是，像這裡，連續在相鄰的白鍵和黑鍵上就貼了三張耶……這樣對嗎？」

小珠忽然瞄了我一眼，神情顯得很愉快。

「妳會覺得這些貼的位置不太對勁，就表示妳已經習慣基本的十二個調了吧？」

「啊，嗯，還行。雖然還是要一邊看妳畫給我的十二調一覽表，但我偶爾會彈一下各種音高的Do、Re、Mi。不過只有練到這種程度而已。」

「嗯。只練這些就夠了。這樣的話，我想妳應該已經注意到了!?彩葉，只彈有貼便利貼的音，就像我剛才一樣試試看彈爵士即興。」

「……什麼！好，我試試看。」

「那，我放音樂喔。」

——在實際彈之前，我已經大概猜到了。原來如此，只彈有貼標示的位置，聽起來就會有爵士味。是這麼一回事吧？唔哇——咦？喔喔！唔哇！這個！欸……這樣如何？就是這種成熟大人的味道！果然沒錯！我就知道是這樣！這應該是調的應用吧，我猜！

「啊——原來如此，好厲害，小珠。連我都有一種自己好像會彈爵士的錯覺。真的立刻就上手了。」

「就是這樣沒錯。彩葉，這就是『藍調音階』，很好用喔。」

「藍調音階？」突然蹦出一個很酷的名詞！聽起來超級有那麼一回事！

「這個呀，先不管誤解的可能，簡單來說就是『爵士的Do、Re、Mi』，又可以叫作『藍調音』。」

「爵士的Do、Re、Mi！原來有這種東西!?」

「嚴格來說這不是爵士，而是藍調。不過，妳先不用深究沒關係。這下子，妳就會兩種音階了。」

「咦？兩種？不是一種嗎？」

「兩種喔。彩葉，妳可能沒有把它當成是音階，但妳平常用的『一般的Do、Re、Mi』，其實應該叫作『艾奧尼安音階』。」

「艾奧尼安音階？這是哪國語言？」

「我記得好像是希臘文，也可能記錯？反正是源自歐洲，很久以前就在使用的音階。那個艾奧尼安音階正是我們常聽也最普遍的Do、Re、Mi。」

「原來Do、Re、Mi還有別的名字……」

「其實這個才是本名喔。Do、Re、Mi只是按照『音的排列順序』順口的稱呼。」

「我想想……也就是說，歐洲的Do、Re、Mi是平常那個Do、Re、Mi，而美國……或者說爵士的Do、Re、Mi，則是剛剛彈的那種嗎？」

「大致可以這樣理解。其實世界上有各種Do、Re、Mi，這樣說確實令人有點驚訝吧，不過仔細想想，**所謂民族音樂就是來自世界各地的不同音樂吧？這樣說來，理所當然Do、Re、Mi的間隔，也就是音階（量尺）也會不一樣。反倒是如果地球上所有民族音樂用的音階都一樣，那才不自然咧。**」

「聽妳這麼一說，的確有道理。像是舞蹈、服裝等，也是全世界都各具特色呢。」

「沒錯。就是這個意思。然後，按照這個邏輯推想下去，妳其實又學會另外一種音階了喔。妳猜是什麼？歐洲、美國，再加上這個，就是三個了。」

「咦？真的嗎？是什麼啊？」

「那就是……『日本的音階』。」

「……？日本的音階，不就是平常的Do、Re、Mi嗎？」

「不是喔。那是源自歐洲的艾奧尼安音階，日本的音階長這樣……」

語畢，小珠就用鍵盤上的黑鍵彈了起來。這、這個樂句是……

「啊啊——這……這是……難以用文字形容的日本風情！」

「很令人懷念吧。這個就是『日本的音階』。」

「我知道！雖然沒辦法很具體地描述出來，但我知道這個！該怎麼說咧……感覺像是《魔法公主》的配樂?」

小珠剛才彈的那段旋律，有一股難以言喻的『懷念之情』。該說像演歌嗎?還是日本的傳統音樂?民謠?總之就是充滿日本味。

「妳喜歡久石讓的話，不只《魔法公主》，《龍貓》的配樂也有這種元素喔。鄉村風光的配樂果然還是要用日本的音階。除了吉卜力工作室以外，《菊次郎之夏》的主題曲〈Summer〉也用了這項元素。當然，這個音階不是久石讓的專利。很多作曲家都曾以各種不同的形式用過，變化形態多到數不清。有些人發揮它原本的特色用在日本風的曲子上，有些人則是使用音階部分，其他元素都走西洋風格。」

「哇——原來如此。……雖然不知道怎麼做出那種味道，但基本上就是像日本民謠那類的傳統歌曲吧?話說回來，只彈黑鍵聽起來就會像日本風嗎?」

「日本的音階也有很多種變化，所以不只這種而已，但只彈黑鍵的確是日本音階中的一種。中國也有跟這個極為類似的音階，所以呀，與其說日本的音階，或許說亞洲的音階更為精確。」

「總覺得好不可思議喔。只彈黑鍵就會有亞洲風……原來是這樣呀。」

「彩葉現在已經知道三種音階了呢。誕生於非洲、在美國發揚光大的爵士樂風『藍調/藍調音』;誕生於歐洲、流行樂風愛用的『艾奧尼安音階』;還有『亞洲的音階』。**音階這種東西，本該是全世界各地都有自己的特色。當然也會有類似的音階，但每個地區特有的音階，都具備**

藍調音階（爵士的 DoReMi，又稱為藍調音）

音階中會連續出現兩個半音，是特徵極為鮮明的音階。
用它解釋什麼是音階最容易理解。
常用作小調，所以下圖也以小調為主。

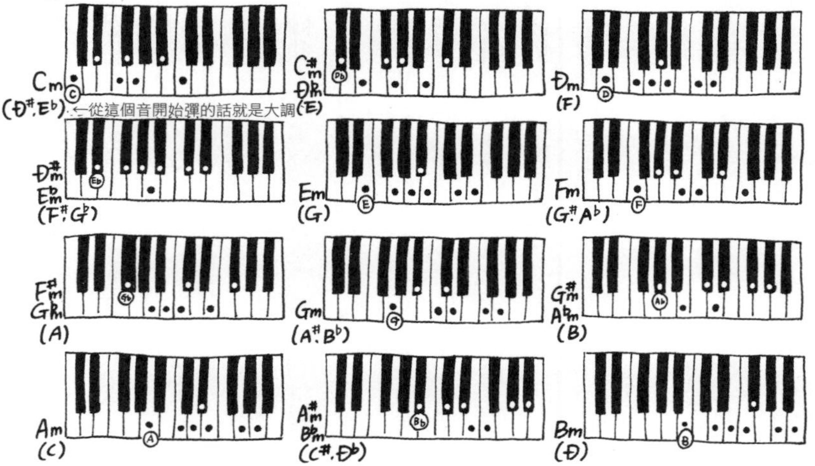

五聲音階
（Pentatonic Scale）

Penta(五個的)Tonic(主音)．Scale(音階)，是拿掉 Fa 和 Si 這些半音的音階。
是包含日本在內，東亞、東南亞、非洲、南非等世界各地都有使用的民族音階。
這組不含半音的音階，配上不同的律動就形成了各國獨特的味道。

大調
（明亮的）

日本民謠和中國民謠其實組成音相同，不過節奏的律動不一樣。容易即興，可用在許多地方，很方便。

小調
（灰暗的）

小調則相反，是含有兩個半音、特徵鮮明的音階。東洋風味。

艾奧尼安音階
大調及小調

這是最常見的音階。有全音也有半音，很萬用。
從 C 開始彈，就是大調（明亮）
從 A 開始彈，就是小調（灰暗）

琉球音階
沖繩的音階

只有五個音，卻包含了兩個半音，特徵鮮明，而且沒有會產生灰暗氛圍的 Re 和 La。總之很開朗又獨特的音階。

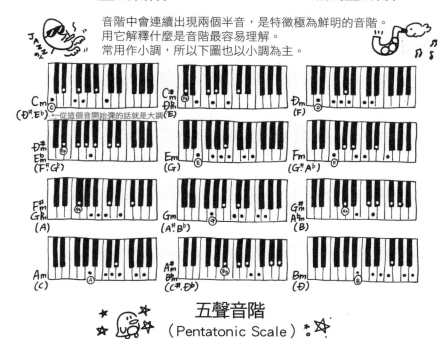

那塊土地獨一無二的氣質。以日本為例，『日本音階』和來自沖繩的『琉球音階』雖然很像，但的確是不同的音階。琉球音階有一種南島特有的開朗明亮的特質，而日本音階則帶著一股凝滯的氣息。中國音階則有一種大陸自然風光的壯闊感。不過呢，影響聽覺的因素不單單是音階，跟樂句編寫的偏好也有關。我們來整理一下好了。

「……原來如此……這簡直就是Do Re Mi的世界博覽會呢。」

「還有，知道之後可以做什麼呢？妳應該想到了吧？」

「嗯。這個相當具有革命性呢。我說不定連爵士風或日本風的曲子都寫得出來了!?」

「沒錯。我就是這個意思。彩葉目前只用過艾奧尼安音階來作曲。當然，構成一首曲的元素不是只有旋律，所以光靠這個還沒辦法做出完全符合那些樂風的作品，但只要旋律都在那個音階上，曲子就會相當接近那種味道。」

「哇，這就是作曲技巧了吧!?」

「這個真的就是作曲的應用篇了，很有趣吧。妳可以探索世界音樂的音階，覺得哪個很酷，就試著用用看。而且不光是不同國家而已，不同時代也會有變化，一直往下挖會發覺更多好玩的東西。」

「怎麼覺得眼界突然開展得太大，我反而有點不知所措……」

「哈哈！一口氣打開了吧！值得慢慢玩，但暫時先到這裡吧，光是這些，就足夠讓驚訝了。」

「是嗎？她不但會彈琴也會吹管樂，我想她應該知道才對。」

「這個呀，不見得喔。」小珠一邊朝剛端來的熱可可撒砂糖一邊說。這杯可可看起來非常甜。

「以樂譜為主的學院派演奏者也不一定有能力即興彈奏音樂喔。就算鋼琴彈了六年，或管樂吹了六年，但沒了樂譜就沒辦法演奏出像樣的音樂。這種人很多。」

「是喔!?有點意外……」

「管樂社的人會背譜……將譜全部背下來，憑感覺演奏。不過說穿了還是靠背譜的印象。徹底了解音階的概念，並且有能力即興演奏的人幾乎沒有。如果真的有，那也絕對是屈指可數。」

「我以為玩過音樂的人都了解音樂的結構，難道不是嗎？」

「玩樂團又不太一樣。玩團的人雖然也會把 Tab 譜背下來，練一些伴奏型態，但資質不錯的人通常還可以抓到即興演奏的邏輯。有人說『就算不會樂理，只要一把吉他就能作曲』，此話還真的有可能呢。對於爵士樂手來說，即興演奏反而才是基礎，就算有樂譜也可能看不懂。」

「原來如此。玩的音樂種類不同，情況竟然差這麼多呀。」

「所以呀，大家的反應往往相當有意思呢。音色極為優美出色的古典鋼琴家會說『好希望能像爵士樂手那樣自由隨興地彈奏』。相反地，爵士樂手則會說『古典鋼琴家竟然有辦法彈出那麼複雜的鋼琴技巧』，學院派風格和即興派風格各有各的獨特魅力，並沒有哪一派比較好。」

「啊——兩派之間的差別，比我原本以為的還要大很多呢。」

「畢竟只要會看譜就可以演奏，不了解音樂的結構也沒關係。」

「不過，難道不會想擁有即興演奏的能力嗎？」

「應該會想吧，但通常沒有心力顧及即興的能力啦。因為大部分人會花很多時間準備鋼琴大賽或管樂比賽，根本無暇分析音樂的原理，把握時間照樂譜練習最要緊，這才是常態。久而久之，就發現即使不懂背後的原理，只要有樂譜就可以演奏了，反倒以為原理很難理解呢。」

「原來是這樣慢慢轉變的……」

「不過爵士可能是例外。爵士原本就以即興為基礎，所以彈奏時的感覺很接近作曲。」

「哇。那，小鶯說想嘗試作曲，也是……」

「說不定她是想更自由地玩音樂呢。彩葉，她被妳的曲子感動，應該是真心話喔。因為，妳是依照自己的感受寫出曲子。」

「或許吧。」

我再次看著小珠整理的音階一覽表。

「原來如此。不過話說回來，音階的世界真不得了耶……等這些用熟了，一定很好玩。」

「嗯。我剛接觸音階時，也是先把每個地區的音階都嘗試過一遍。很另類的環遊世界。」

「這讓我忽然覺得音樂可以玩一輩子呢。」

「這是真的喔。的確玩不膩！所以，作曲是很珍貴的財富喔。」

「欸，小珠，剛才那個爵士風的伴奏，可以再放一次嗎？」

「嗯？好啊。」

「我想再彈一次。那個爵士風……」

「啊哈哈！好啊！就是這樣，有種自己很會彈的感覺吧，很好玩吧！」

「……彈這個時候，我看起來很會彈琴吧!?」

「不是看起來，而是很會喔。這段『音階即興』就很不錯。」

「嗯！再來一次！我說不定可以彈得更漂亮！」

～～*～*～*～*～*

「呼……藍調音階真棒。」

離開咖啡廳走在回家的路上。此刻的我超級滿足，才短短幾個小時，就感覺我的程度大大地升級了。很充實。

「怎麼樣？有變成『超級彩葉』嗎？」

「嗯。距離『超級彩葉』更近一小步了。啊——不過，這樣好像不是作曲，而是朝鍵盤樂手・山波彩葉跨出一步吧。」

「這算是作曲範疇喔。如果是作曲，沒辦法彈得像演奏家那樣也沒關係，倒是先了解音階的相關知識會很有幫助。**『演奏家的演奏』是為了製造出優美的樂音；『作曲家的演奏』則是為了寫曲。**我常說『我不會演奏喔』，指的就是這點。意思是『我沒辦法像演奏家那樣使用高超技巧彈奏樂器』。」

「我好像有點懂了。」

「**簡單來說，作曲實際上就是即興。**這兩者有非常密切的關係。若是因此喜歡上即興演奏也很好。」

「音階即興真棒！我感覺自己好像很會玩音樂了，超、級、彩、葉！」

「啊哈哈！這個音樂播放器借妳，裡面有各種爵士伴奏音樂檔，妳可以配上藍調音階玩玩看。對了，我剛才彈的那首歌叫作〈Autumn Leaves〉，是玩爵士的人一定聽過的超級名曲，也收錄在堪稱爵士樂手的共通語言書——《Jazz Standard Bible》裡。」

「妳真的對音樂如數家珍耶。不愧是專業，也是理所當然喔。」

「因為我會嘗試玩各種不同的方式。沒什麼了不起啦。下次教妳玩法。」

「……玩法？」

看著小珠的側臉，我不禁想，我或許努力錯方向了。幾個小時前煩惱的那些事，現在看來就只是芝麻綠豆大的小事。

「妳明天要教我什麼玩法呢？」

「嗯……太多了，讓我想想喔！」

小珠這麼說時臉上是滿面笑容。難道我的煩惱都被她看穿了，還是純粹流露出天真無邪的一面？我不曉得，但不禁覺得小珠顯露出的態度，或許就是享受音樂最簡單的方式吧。

……今天就到此為止！

珠美的筆記

關於音階即興

播放音樂，然後隨意彈一串音階的組成音，就稱為「音階即興」。音階即興最重要的是「確定樂曲是什麼調」。若是用耳朵聽來抓調，有幾個地方可以提供線索：

- **歌曲最後拉長的音，很高機率就是代表調的那個音。**
- **彈旋律時用了幾個黑鍵。**

（請看十二調一覽表〔請參考前作《作曲少女：14 天做出來？我、我一點音樂底子都沒有呢，可以嗎？》〕，黑鍵的數量一樣就有很高機率是那個調）

常有歌曲會在半途轉調（換成另一個調），因此有時候只確定一個調還不夠，也要知道轉到哪一個調。當歌曲進行到一半，突然感覺不對勁時，通常就是換成另一個調了。

此外，跟著調彈奏時，若碰到歌曲中間突然某個瞬間出現♯或♭的話，可以解讀成這個就是歌曲的亮點（雖然這個音不在調裡面）！

判斷基準是那個音若從頭到尾都有加♯或♭（黑鍵）的話，就代表是該調的組成音。相反地，在整首歌中只有一部分加上了♯或♭，就代表不是那個調裡的音。音階即興很好玩喔！

第三話

還是很想搞懂的樂理 ～音樂語法～

「嘿！」

（嗯……好怪。）

「呦喝☆」

……啪唰。

（這樣嗎？嗯。這樣好像比較好。）

早上，我背著肩背式鍵盤站在房間裡的全身鏡前，一邊擺出各種姿勢一邊自拍。我正在研究怎麼展現帥氣學姊的架式，但出乎意料的困難。

這張呢？看起來有點「鍵盤樂手・山波彩葉」的樣子呢。唔哇！這張好像真的不錯，有點像音樂雜誌的封面？

「來放音樂……」

接著，我播放昨天小珠借我的爵士伴奏曲。從我那把鍵盤上貼有藍調音階位置的肩背式鍵盤，流洩出比昨天更有模有樣，有點像《魯邦三世》那種成熟大人味道的爵士演奏。全身鏡中倒映出的身影……咦？這個人是山波彩葉小姐？還是峰不二子小姐？

「──嘿嘿……相當不錯耶！」

嗯。昨天雖然也彈過，但原來這就是傳說中的即興呀。我感覺自己簡直就是樂手。雖然還沒能全盤了解背後的理論，但大致上彈得出東西，這件事讓我很衝擊。固然現在還需要依賴便條紙，不能撕下來，但等到身體記住便條紙的位置後，就能隨時拿起樂器盡情彈了吧。我也發現了，爵士就按照藍調音階彈；爵士以外的流行樂，就用平常十二個調的音階（是叫艾奧尼安嗎？）。連完全看不懂五線譜的我，也能憑感覺來一段有模有樣的即興，享受音樂的樂趣，這事實太令人震驚了。我一時之間還無法相信。

「小珠真的太厲害了。」

那些專有名詞還是沒認識幾個，但我卻已經會作曲了，甚至還可以彈得稍有那麼一點點樣子。這是我最想達成的目標，能做到這一點，其實也心滿意足了……

「……不過會看樂譜比較好吧？大概。」

於是，我開始好奇那些需要念點書才能學會的學院派理論。……要是跟小珠說，她肯定會說「不用懂也無所謂啦」。但我不了解的東西還很多，霧裡看花的狀態，偶爾會讓我心生不安。

……到底還有多少樂理是我不知道的呢？

＊～＊～＊～＊～＊～＊～＊

「——就是這麼一回事，小珠。」

於是，我在放學後的教室裡問了小珠樂理的事。下午四點。同學紛紛回家了，教室裡只剩零星幾個人。我們一邊用眼角餘光瞄還沒離開的同學，一邊將桌子往教室的一角集中。我們是指我、小珠，還有小鶯！

身為帥氣的學姊，理應為小鶯著想，於是我故作自然地向小珠提議：「是不是應該再把一些基礎理論說明清楚比較好？……小鶯大概也很想知道。」

「嗯？基礎理論？我已經講過很多次了，而且彩葉應該也有體會到了吧？**先實際作曲再學樂理才能理解樂理在說什麼。**」

「嗯。這點我有深刻的體會。不過，對小鶯來說可能太難不是嗎？」

「會嗎？鶯，妳知道音樂語法嗎？」

「啊，大概知道。跟看譜有關的部分沒問題。」

「？」糟糕。我根本是自曝其短。不會的只有我一個人啊！

「妳看吧？管樂出身的鶯很熟悉音樂語法。這下子也剛好證明『會音樂語法不等於會作曲』。」

「是、是啊……會音樂語法的人也不一定……會作曲。」

……話說回來，音樂語法到底是什麼？感覺是很重要的東西，唔哇，好像不能不知道啊。……等等，懂不懂音樂語法跟會不會作曲沒有直接關係喔，那音樂語法是不是像文法？那應該很重要吧？又是為什麼而存在呢？啊啊──我知道的實在太少了！未知帶來的恐懼又開始不斷膨脹……

……這些心思都寫在我臉上，小珠多半是注意到了，瞄了我的臉一眼，語氣輕鬆地接下去說。

「音樂語法就是『基本上通用於所有音樂的使用說明書』。該怎麼說比較好懂呢？若譬喻成做菜，法國菜、中國菜和日本菜等就相當於『音樂風格』。但不管是哪國料理，都有『煮、煎、蒸』這幾項基本料理手法，『煮、煎、蒸』則相當於音樂語法。換句話說，音樂語法就是所有音樂風格的共通基礎，用音樂語法大致都能溝通。除此之外，音樂語法也包含音樂上的菜刀種類、鍋子種類等內容。」

「喔喔！這個譬喻很好懂耶。」

「順帶一提，**有些類型的音樂概念和音樂語法比較特殊。例如，追求音樂嶄新可能性的『現代音樂』，及用西方理論無法將細節寫入樂譜的『民族音樂』。就舉日本的音樂來說，三味線的譜寫邏輯就和西方南轅北轍，另外像是太鼓這種只靠民間傳承的音樂，根本沒有樂譜流傳下來的情況也相當常見。……除卻這些例子，現在全世界共同認定的所謂『音樂的文字』，即是以音**

樂語法為基礎譜寫而成的樂譜。」

「喔喔……原來如此，我好像懂了。」

「……音樂語法，原來是指這種東西啊？」……小鶯的反應跟我差不多，難道她原本不曉得？

「啊。妳以前是管樂社，大概不太有機會特別深入了解音樂語法吧。只要會看譜就行了。」

「是啊。我以為是指音符、音樂記號之類的樂理。」

「有喔，裡面也會說明。至於，**比音樂語法更加複雜的『音樂理論』若用同一個例子譬喻，可以說就是各種風格的『正統食譜』吧。也就是說，有古典音樂食譜、爵士食譜，也有搖滾食譜。所以就有可能『自學玩音樂』。當然，有人不用看食譜，就能寫出那種風格的樂曲。還有人是刻意不看食譜，全憑自己的味覺判斷。相反地，也有人是按照食譜，完美再現傳統文化料理，選擇堅守食譜配方。……只不過，我認為不是只有食譜上寫的內容，才能代表那種音樂的本質。食譜僅能記下『能以理論書寫的部分』而已。仔細說起來，很少書有提到更接近該種樂風的本質，也就是『無法用文字描述清楚、屬於精神層面內涵』的東西。當然，大致上的感覺還是寫得出來啦。**」

「……」

小鶯聽到呆住了，我看著她的側臉在內心說「小鶯，我懂妳現在的心情。」因為我也很常露出這種表情。

「……珠美學姊好厲害！」小鶯像是欣賞完街頭特技表演般，語氣誠懇地說出這句話。

「啊哈哈。我現在已經習慣了，不再像以前那樣顯得驚訝，但我一開始也有這種感覺。妳真的好厲害，小珠。」

我覺得很新鮮。看到小珠這一面的人，除了我之外又多了一個。

「啊哈哈。總之，音樂語法和音樂理論大概是這樣分。懂了嗎？」

「嗯。這樣說音樂語法還是背起來比較好吧？」

「也不一定啦。好比說，就算不知道『煮、煎、蒸』這些料理的手法名稱，妳也已經會運用這些手法來完成料理了。手法或器具叫什麼名字，不知道好像也沒影響。」

「啊啊，這倒是。」

「**這些知識之所以必要，是為了方便『他人演奏自己的樂曲』。意思就是，把作曲者寫的樂曲，用文字記錄下來，交給別人演奏。其實那種時候才需要了解怎麼留下文字紀錄，而學習音樂語法的目的就在此。**鶯之所以有一點音樂語法的基礎，是因為管樂社的關係，必須看懂樂譜才能吹奏。」

「原來如此。看來樂譜還是很重要呢，有一種『This is music！』的感覺。」

「**畢竟樂譜可是耗費數百年才終於精煉出的『最容易演奏的寫法』，視覺上也相當具有藝術性呢。**即便是電腦音樂已蔚為主流的現在，現場演奏還是使用紙本樂譜。管樂社也不例外，對吧？鶯！」

「啊，對。大家會按照樂譜吹奏。這樣說起來，社團裡面也有人是用『Finale』製作的樂譜。」

「哦？鶯，妳會用『Finale』嗎？」

「啊……只會最基本的功能，國中時朋友教過我，我也是用『Finale』來作曲，但沒有寫出來……」

咦？Finale是什麼東西啊？

「『Finale』是業界常用的製譜軟體，連專門製作樂譜的公司也都在用喔。專業音樂人多半是用『Finale』或『Sibelius』來製譜。不過，用來作曲倒是比較少見。」

小珠瞄了一眼我滿頭問號的臉，簡單幾句話說明。打斷她們的對話，讓我感到很不好意思。

「原來如此。話說，小鶯以前在社團都吹什麼樣的曲子呢？」

「那個……詹姆斯．史威爾金（James Swearingen）或艾佛列特．呂德（Alfred Reed）之類的吧。」

「詹姆斯．史威爾金呀。旋律很優美，很好聽吧？艾佛列特．呂德對國中生來說不會太難嗎？」小珠語調溫柔說道。

「沒錯。我們管樂社的編制大，算是相當活躍，偏好吹一些比較困難的曲子。」

「原來如此。鶯，流行歌和管樂曲，妳比較喜歡哪個？」

「這個嘛……我兩個都喜歡，不過……如果一定要選一個……應該是管樂曲吧。」

「喜歡哪些曲子呢？」

「有很多……但，一時之間想不起名字……」

「喔？沒關係。管樂的話，我喜歡大衛・霍爾辛格（David Holsinger）。像是〈The Easter Symphony〉或〈In the Spring, at the Time When Kings Go Off to War〉。那種力道強勁又翻騰起伏的線條，很棒對吧！有一種類似遊戲音樂的壯闊感，很有對決大魔王的感覺呢。」

「大衛・霍爾辛格真的很酷。雖然他的曲對國中生來說有一點難。」

「比較厲害的國中生或許能夠駕馭，但還是不小的挑戰呢。」

……小珠真的無所不知耶。連我也曉得的名曲就不用說了，除了爵士樂曲之外，沒想到也這麼了解管樂曲。小鶯還能接上她的話。她們兩人真的是在聊音樂。

——啊啊，就是這個。這個就是我沒有的，類似音樂基礎素養的東西。我隱隱約約感覺到自己缺乏的部分，正是這一點。如果沒有從小開始玩音樂，就很難培養音樂常識。……我這麼晚才開始碰音樂，能熟悉這些東西嗎？

「……哎呀，啊哈哈。聽起來果然有點困難耶。小珠，小鶯，妳們不愧是玩過音樂的人。」

「嗯？困難？」

「我也得好好學習才行。」

我說話的語調稍微有點消沉。沒想到——

「……彩葉，把肩背式鍵盤拿出來。」

「咦？好。」

小珠要我拿鍵盤。是說，我很喜愛這把樂器，很樂意拿出來，但這麼突然是要做什麼呢？……正當疑惑之時，小珠用電腦播放〈Country Road〉的原版。

「這首是F調。也就是說，會有一個黑鍵。妳已經會指法了吧？就是從F開始彈Do、Re、Mi。妳配合歌曲隨意彈音階組成音看看。」

「咦？這麼突然!?那個……知、知道了……？C、D、E、F……是這裡吧？」

雖然有點不知所措，總之先彈再說。啊。要是會一些更酷炫的彈法就好了。不過，反正音不要跑出這個調，聽起來就會有那麼一回事吧？大概，像這種感覺嗎？

♪……♪♪

♪♪♪～♪♪

「……那個，像這種感覺……嗎？小珠。」

「……」

「小珠？」

「問我不如問鶯。」

「啊……那，小鶯，……如何？」

「……」

小鶯有些發愣，嘴巴微張。她的雙眼依然被瀏海遮住，幾乎看不出此刻的表情。……到底怎麼樣？果然有點遜嗎？在會管樂的人耳裡聽起來，大概很拙劣吧。若能讓我事先多練習就好了……

「咦？」

「彩葉學姊……妳連即興也會呀……真厲害。」

光從小鶯的語氣就能明白，她這句話蘊含著發自內心的敬意。

「咦……啊!?這個沒什麼啦，剛剛彈的有很厲害嗎？只是憑感覺彈而已。」

「哇——很厲害耶！真希望我也可以那樣……」

「……小、小珠，現在這是什麼情況？」

「啊哈哈！彩葉，我看妳有點不安，忍不住想捉弄妳一下。」小珠一臉計謀得逞的表情，愉快笑著說道。

接著又說「鶯，有這份譜就可以彈奏〈Country Road〉吧？」

「我沒有把握，但只是把旋律彈出來的話……可以。」

「看譜和即興兩者各具魅力。正因為自己辦不到，才覺得對方很厲害罷了。」

「……原來如此。」我和小鶯異口同聲。

「……我沒有樂譜，就什麼都不會彈了。」小鶯小聲說道。

「這樣的話，讓彩葉教妳怎麼樣？彩、葉、學、姊！」

「咦!?那個……當、當然可以！很快就能學會了！」

「真的嗎？可是，我真的不會即興……」

……我頓時恍然大悟。小珠這傢伙，幫我製造了一個好機會呢。妳真是、真是超級大好人啊！

「嗯？怎麼了？彩葉。」

「沒有，沒事。小鶯，其實這個一點都不難。作法呀……」

我和小珠之間已經培養出即使不說出口，只用眼神交流，就能理解彼此心意的友誼。於是，我一邊和小珠用這種無聲方式溝通，一邊向小鶯說明音階和音階即興的概念。

我的自卑被小珠完全看穿了。不過，小珠的捉弄倒點醒我一件事。我會的和小鶯會的剛好不同，人各有所長……是說，不知不覺中，我竟然也能教別人了呢。

＊～＊～＊～＊～＊～＊～＊

「好了，兩位，音階遊戲到這裡差不多了，該回家了！」

「啊，嗯。」

「哇！竟然這麼晚了……」

我先教小鶯有關音階的知識，又順便找了各種風格的樂曲來玩即興，等回過神都快晚上六點了。畢竟我們四點才碰頭，一晃眼就到該回家的時間。有參加社團的同學也都是這樣嗎？利用很短暫的社團活動時間，為了某個目標努力練習？想到這不由得感到佩服。

「妳對音階稍微有點概念了嗎？」

「有……原來還有這種方法呀。」

小珠才教我不久，現在換我現學現賣，似乎帶給小鶯相當大的感動。看到她的反應，我不自覺鬆了一口氣。原來就連好像很懂音樂的小鶯也有不會的東西。

「啊——不過小鶯，妳的站姿應該可以更酷一點。」

「站姿嗎？」

小鶯背著我的紅色肩背式鍵盤，直挺挺地站著……該怎麼說呢？缺乏動感吧。還有很多改進空間呢。

「（邊示範站姿）妳看！樂手當然得很酷才行！」

「喔，像、像這樣嗎？」

「嗯……差強人意，偏可愛路線。可愛路線也不錯啦。要像這樣，再自信點！」

「自信？……這樣嗎？好難喔。」

「該怎麼解釋才好呢。比方說，像這種感覺！」

我把今早拍得最滿意的一張自拍照給小鶯看。

「哇……拍得真好。」

「這只是舉例，讓妳看看大概是這種感覺。」

「哦——彩葉，我也要看！」小珠突然出聲。

「咦!?」……哎呀，我現在看起來像是得意忘形的學姊吧？我趕緊岔開話題說：「啊哈哈！沒什麼好看啦，回家吧！哇，已經很晚了！不趕快回去，校工會生氣！」

「也給我看一下嘛。」

「啊！對了！回去時要不要去自動販賣機買冰淇淋！小珠，妳想吃什麼口味？」

「布丁口味。」

「好！走吧走吧，小鶯也一起走吧！妳喜歡什麼口味？」

「……那我也吃布丁口味。」

「喔？妳可以選妳喜歡的口味喔。」

「沒關係，我也喜歡布丁……」

「我推薦抹茶口味！」

「啊，那我改抹茶好了……」

「不用勉強沒關係喔？」

「喔，我什麼都喜歡……」

「好吧，走嘍。」

——販賣機前。

「小珠怎麼改變心意選抹茶了？」

「唔。因為沒吃過啊。原來抹茶這麼好吃。」

結果，三人都選抹茶口味。因為我的腳踏車放在小珠家，所以我們決定先陪小鶯走到車站搭車。

「啊——我還是想學看譜。」

「妳有這麼想學？」

「嗯。我了解妳說的，實際上即興也夠好玩了，但我就是會想，或許還可以更好玩。」

「哈哈，原來如此。妳是因為好玩想了解更多呀。可以啊。」

「咦？真的嗎？我還以為小珠會說沒必要學。」

「如果妳的心態只是想學更多東西，我大概就會說沒必要。但若是覺得好玩，想多了解一些好像也不錯？」

「嗯。」

「妳是指看譜嗎？也是呢。……鶯，這次輪到妳來教彩葉了。」

「咦？」

「輪到妳來教彩葉。」

「……咦咦!?妳說我來教……嗎？」

小鶯驚訝到手中的甜筒冰淇淋差點掉下去，慌張地再次確認。儘管還是看不見她的表情，但她手足無措的程度彷彿全身上下都冒出了漫畫裡的汗珠圖示。

「彩葉教妳音階，這次輪到妳來教她。」

「咦……那……那個……我……我不行啦。畢竟……可是……我可能會講錯……」

「不用擔心，我會補充。」

「……是指教彩葉學姊調號之類的東西嗎？」

「？……喔，大概就是妳說的吧！」

「可是，還是珠美學姊來教比較好……」

「嗯……鶯，妳可以幫我拿一下甜筒嗎？」

「咦？好。」

小鶯支吾回話，低垂著頭。小珠不知道想做什麼，忽然要她幫忙。小鶯雙手拿著甜筒，無法自由活動。這時——

「失禮了。」

「哇啊——珠美學、學姊想幹嘛？咦咦!?等一下……」

「這樣就可以了。」

「……」

小珠取出髮夾，慢條斯理地把小鶯前額的厚重瀏海夾到一旁。小鶯想阻止她，無奈雙手拿著甜筒無法反抗。小鶯露出來的那隻眼睛，文靜又溫柔。

「終於見到妳了，鶯。我是黑白珠美。」

「咦？」

「難得有機會變熟，也讓我看看妳嘛。不然太寂寞了不是嗎？」

「那個……」

「妳要自信一點。彩葉未必懂妳會的東西。鶯，用妳的方式，表達妳想說的話。讓我們聽聽看妳會怎麼說。」

「……啊。」

小珠強硬的作法令人不禁捏把冷汗，我決定先觀望一下情況。不過，小珠的聲音很溫柔，況且也是出於善意……應該是啦……只是行為有點霸道，看的我膽顫心驚。

「鶯長得很可愛！頭髮不要遮住眼睛嘛！」

「……」小鶯搖頭不語。

「喔，甜筒，謝了。啊哈哈。嗯，終於看到妳的眼睛了。」

小鶯的眼睛不知道該看哪裡才好，顯得不知所措。片刻之後，她似乎稍微冷靜下來了，雖然還是微低著頭，但總算願意抬眼看我們。她瑟縮著原就瘦小的身軀，看起來更加嬌小了。

「那個……我試試看。」

「嗯？什麼？」

「教怎麼看譜。」

「好耶！我們想聽！」

「好。啊！好冰！啊啊——」

小鶯手中的冰淇淋融化流了下來，她慌忙拿面紙擦手，又不好意思地笑了。仔細想想，這可能是我第一次看到小鶯的笑容。

今天就到此為止！

圖解

調號就是這麼一回事！

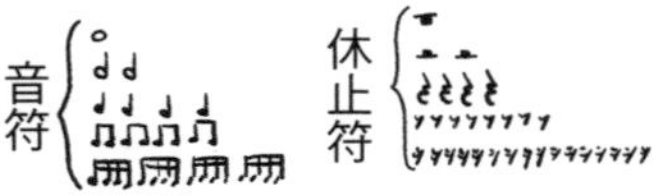

♭ …降半音
♯ …升半音
♮ …消除♯、♭的效果

※ 每種樂器容易演奏的調各不相同（例：小喇叭是 B♭調，法國號則是 F 調等）。

讚美歌第 312 號〈深切慈愛〉

第四話

即興作曲

『技術好但打得很無聊的鼓手到處都是。我對那種人沒興趣。你敲出來的聲音就是大猩猩要的。加入我的樂團吧。』

……心跳加速。

『社長！IQ再降低……表演就會出問題！』
『這樣就可以了！就這樣開始吧！這就是我們大猩猩吉他的聲響！』

……緊張萬分。

「……呼！這部真有意思！好想知道後面劇情會怎麼發展。」

假日早上。我剛看完最近上市的女子樂團漫畫《大猩猩吉他青春白皮書①》，正沉浸在故事的餘韻中。現在只要是音樂題材的漫畫，我都會照單全收，像是四格漫畫、畫風偏寫實的音樂故事等。不過，這部漫畫特別好看。……原來如此，熱門音樂社是這種感覺。好熱血啊。要是我也能像這樣玩作曲社就好了。

「音樂漫畫很值得參考……」

我快速翻閱漫畫，重新看特別精彩的部分。嗯……我也想成為這樣的學姊。沒錯，又酷又完美，很可靠的感覺。

「神緣瑠依學姊太帥了，但總是不經意吸引人目光的則是穗香學姊。」

——漫畫裡的一個場景。穗香學姊的手指在鍵盤上流暢舞動，一邊和瑠依學姊討論想法一邊作曲。唔哇，當場完成一首曲子，太神了！雖然我已經學會怎麼玩音階即興了，但如果能當場配上和弦，曲子會更完整吧。感覺作曲家的紀錄片也都是這樣吧？像是隨手彈出幾個樂句，一首曲子就幾乎已然成形。能那樣自由自在地作曲，果然還是必須達到小珠那種專業等級的程度吧。何時我也能變成那樣呢？

＊～＊～＊～＊～＊～＊～＊

叮咚！

「喔。來了！」

小珠家的門鈴響了。我從二樓窗戶探頭出去看向大門，小鶯行禮如儀地規矩站著，還是那副弱不禁風的模樣。

「喔！早安——鶯！門沒鎖，直接進來吧！上來二樓的這個房間。」

小珠朝她揮手大喊，小鶯好像回了什麼話，但聲音太小聽不見。過了一會兒，小鶯打開大門進到屋內。

「……早安，彩葉學姊，珠美學姊。」

「喔！早安，鶯。聽說昨天妳講解得很出色喔？」

「咦!?沒有啦，那個……是彩葉學姊幫了很多忙……」

「我哪有幫什麼忙，是妳很擅長講解啦。」

「……好、好厲害的房間。」

「咦？」

走進小珠的房間後，小鶯的注意力已不在對話上，完全被房間內的擺設吸引住了。

「好專業！」

！

「……那當然！小珠可是專業作曲人!!」那一刻，我順從了內心一瞬間的判斷，很自然地脫口說出。雖然我先前也不算說謊，不過，時候差不多了，還是趕快坦白實情比較好。

「……真的嗎？」

「啊，我之前沒跟妳說過嗎？」

小鶯驚訝歸驚訝，臉上表情卻沒有太大變化。嗯，從小鶯的反應看來，小珠到底是不是專業作曲人，她似乎不是很在意。

「這個喇叭大概要多少錢？」

「啊啊，那個很便宜，大概五萬日圓。」

「五萬日圓!?」

小珠興奮地說：「嚇到對不對！這品質夠我工作用，很超值。」

「什麼……這算便宜？」

小鶯剛才提高分貝說：「五萬日圓!?」，應該是覺得很貴，被價格嚇到了吧。我也覺得好貴。

「這是 YAMAHA 的 MSP5。作為宅錄監聽喇叭是相當優秀的型號。很多專業音樂人都在用，算是常見機種。」

「……不過，五萬日圓對我來說可是一筆大錢。」

「不算昂貴呢，寫兩首配樂的錢就買得起，還綽綽有餘呢。其實很多人是用更貴的喇叭。我是說專業音樂人啦。」

這花費完全不是學生能夠負擔呢。五萬日圓很便宜？這種金錢觀在我眼中已經算是小石油王了。……不過，也是啦，小珠可是靠作曲賺錢的專業音樂人。話說回來，原來配樂可以賣這麼多錢。真驚人。

「果然還是珠美學姊來教看譜比較好……不好意思……我沒想過學姊居然是專業人士……」

「鶯，妳別在意這種小事！我、彩葉，還是妳，我們都是喜歡作曲的同好。只是我玩得比較深入而已。並不會因為我成為專業就比較了不起，或者講的就比較正確。」

「……啊……可是……」小鶯神態扭捏，有些難以啟齒地接著說：「我……還沒做過曲子……或許稱不上是同好？」

「『？』」

「啊啊，原來如此。」小珠意會到小鶯的話中之音說道。

——今天的目的。我們之所以在小珠家集合，正是為了這個原因。要教小鶯作曲的方法！

小珠像是想起了什麼，忽然提高音量說：「對了！今天要教作曲。嘿嘿……從今天起，小鶯就變成喜歡作曲的同好了！」

「是。麻煩學姊們了。」

「很好玩喔！對不對？彩、葉、學、姊。」

「嗯！而且小鶯有音樂經驗，應該很快就學會了！」

＊～＊～＊～＊～＊～＊

「那麼，彩葉。妳教鶯作曲的方法。」

「咦？」

小珠一邊說，一邊慵懶地坐進懶骨頭裡。

「不是吧。小珠，不是妳來教嗎？跟我那時一樣啊。」

「咦？鶯，彩葉學姊教更好吧？」

「……？那個……那個……」

小鶯露出至今最不知所措的神情。……不行啦，小珠！該怎麼教呀，我不行啦！

「……我希望彩葉學姊教。」

「啊!?妳說什麼!?」

「看吧。我就說彩葉教比較好。」

「啊，那個……我並不是討厭珠美學姊……」

「我知道。……彩葉，人家可是指定妳教喔。」

「啊……」

我剛才說了小珠是專業作曲人，但為何還要指定我教呢?小鶯在想什麼?妳可知彩葉學姊我現在是腦中一片混亂呀。只是……

我很高興!!

「我山波彩葉，會拿出百分之百的幹勁教妳!」

但，該從哪裡開始呢?對了，作曲最一開始要做……還是這個吧!

「小鶯，作曲第一步是『回想自己喜歡的東西』。」

「自己喜歡的東西?」

「對!自己喜歡的東西。作曲並不是把音符排列組合，而是將自己喜歡的事物寫成歌曲。小鶯，告訴我妳喜歡什麼吧。」

「喜歡的東西……」

我努力回想小珠教我的方法。當時小珠要我將桌面布置成喜歡的樣子，重溫自己對那些事物的喜愛感受。不過，買東西和布置需要花點時間，所以我改成直接聊自己喜歡什麼或許也行。這是傳授自小珠，再經我稍微調整過的作曲課。

「自己喜歡的東西……嗎？」

「對。自己喜歡的東西。什麼都可以喔！」

「什麼都可以嗎……請等一下喔。」

咦？是不是很為難？於是我開口再次強調：「什麼都可以喔！」

「……不好意思，讓我再想一下。」

……原來如此，看來小鶯的個性是非常認真的類型。

「那個……不要太糾結，想到什麼說什麼就可以了！」

「……好……請等一下喔……」

「……」

糟糕，好像不太順利？怎麼辦？

「這樣好了，現在想不到也沒關係。總之先回想喜歡的東西，然後呀，接下來就把它變成歌曲。我想想……就是將……」

……該不會是我教得太爛了吧？

「然後啊……唔……想到喜歡的東西後……」

想到喜歡的東西後，下一步是什麼了呢？慘了……人家特別指定我來教，但我講得很爛。等一下，咦!?作曲到底都在做什麼啊!?

「啊哈哈……如果是專業作曲人，這時候應該會立刻用鋼琴來作曲，但初學者沒辦法那樣做，所以一開始……」

「現在就可以馬上作曲。」

「？」

原來小珠歪坐在懶骨頭裡，一直默默地聽我們的對話。然後若無其事地說出這句。怎麼可能嘛。

「小珠，不可能啦。真的不可能啦。我說的不是音階即興，而是連伴奏都要自己想，再憑感覺彈出旋律耶！……是這種即興。」

「嗯。所以我說，馬上就可以辦到。彩葉，鶯，妳們都可以。」

「……妳確定？」

既然小珠說出口了，就表示她肯定有把握，可是，真的嗎？馬上就可以作曲？雖然小珠的保證總是能兌現，但這次不太可能吧？若是這麼容易，那新手幹嘛要這麼拚？

「小珠，這次恐怕很難喔。妳未免說得太有把握了，我可是連鋼琴都彈不好，怎麼可能即興作曲？」

「好。我們馬上來試試看。彩葉，妳把肩背式鍵盤拿出來！」

「……小珠，妳認真嗎？」

我把放在小珠床邊的肩背式鍵盤拿起來交給她。

「好，以現在的感受為題材來一段即興作曲，要加上伴奏，沒錯吧？」

「嗯。」

「比方說，主題是『悠閒的假日』。」

語畢，小珠開始彈起放在矮桌上的肩背式鍵盤。聽起來是一首歡樂、悠哉又帶點喜感的曲子。

「……差不多是這種感覺吧？彩葉覺得呢？」

「有，很有那種感覺。能做到這種程度就是高手了。」

「不用到高手程度也做得出來喔。我剛才也說過了，彩葉，鶯，妳們今天一定都能學會喔。」

「……真的嗎？」

我和小鶯面面相覷。真的嗎？實在叫人難以置信。不過……

Keyboard 表情符號

表情符號貼紙是從鍵盤左側（低音）的 Do 開始貼到 Si（圖為 C 調的情況。如果是 D 調，就要貼在 D 的 Do、Re、Mi……）。即興作曲時，左手小指決定要彈哪個表情後，左手拇指要按住從小指往上數的第五個音（例如小指按 Do 的話，拇指就要同時按住 Sol）。由左手小指按的那個音（根音）來決定伴奏的表情，左手拇指按的那個音是用來增強（強力和弦）。右手自由彈奏旋律。這裡說的 Do、Re、Mi 是指代表不同「功能」的唱名，而不是鍵盤上的固定位置喔！（※ 詳細請見前作《作曲少女：14 天做出來？我、我一點音樂底子都沒有呢，可以嗎？》中的十二調一覽圖）

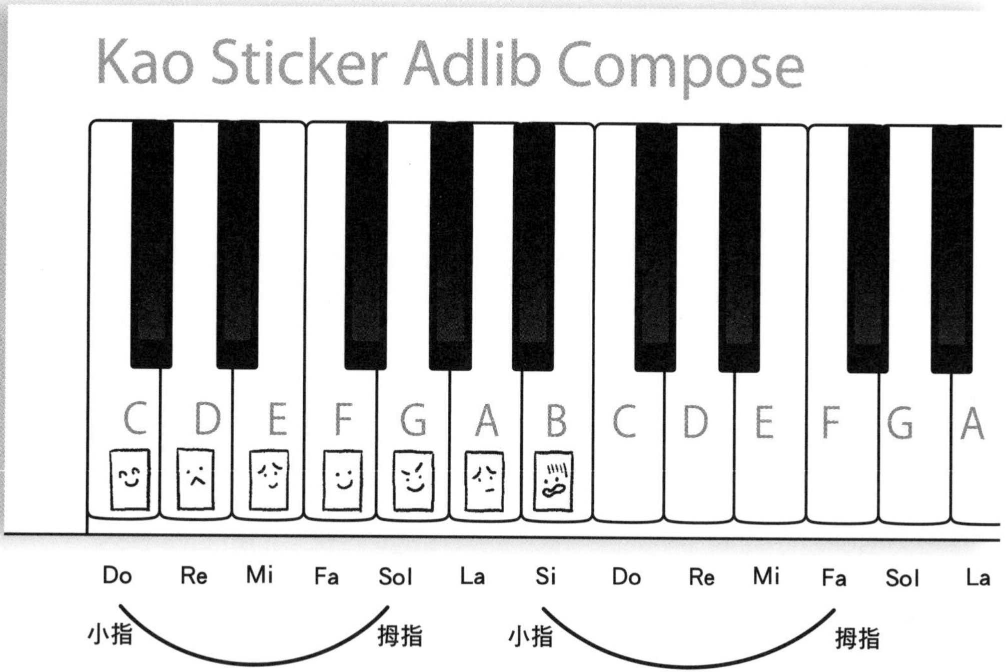

「小珠，請一定要教我們！只要學會就天下無敵了吧！」

「沒問題。那我可以在鍵盤上黏便利貼嗎？」

「像上次那樣嗎？……可以！」

「好。妳們等我一下喔。我需要一點時間。這邊跟這邊……啊，太長了，用剪刀剪短吧，喔，剛剛好。不過，貼這裡好了。把這張貼上去。喔，好可愛！再來，這裡也貼……」

「表情符號？」

小珠在便利貼上畫了表情符號，像是「^^」、「-_-」或「>_<」，總共七種表情，從鍵盤左邊的白鍵開始依序貼上。這樣似乎就完成準備作業了。

「好了！這下子，不管是彩葉或鶯，都能馬上用鍵盤表達自己的心情。」

「真的假的!?」

我端詳完成手工加工的鍵盤。在鍵盤左側的七個琴鍵上，分別貼有微笑、為難、開心和想哭等各種表情符號。右側則什麼都沒有貼。

「來吧，兩位來試試看即興作曲。」

「嗯。那就讓學姊打頭陣，我來做一首『愉快的午後時光』。」

「好。妳的左手可以彈微笑表情，最左邊的那個Do。小指按住那個音，然後拇指按住往上數的第五個音，Sol。」
「這樣對嗎？」
左手小指和拇指都按在正確的琴鍵位置的話，會發出很單純明亮的兩個音。
「沒錯。決定音的表情的是小指，拇指當作順便按就好。」
「好。」
「然後，維持這個指型，也試一下其他表情。直接往旁邊橫移就好。記住，小指的位置即決定表情。」
「那……就按這裡？」
我按下鍵盤上的另一個微笑表情。拇指的話……就是小指數來第五個音吧？
「很簡單吧。左手只用小指和拇指彈時，右手隨意彈一些音，彈什麼都可以。」
「……像這樣嗎？」
我用左手小指按下最左邊的微笑表情（姆指也順便按），至於右手嘛，我不打算思考要彈什麼，就憑感覺在白鍵上遊走。接著，再把左手移動到另一個微笑表情，然後右手繼續隨意彈……
「……小珠，這難道是……？」

「妳發現了嗎？」

「我猜可能是這樣，不過是真的嗎？」

「沒錯。只是這樣而已。」

「……這個表情符號，就決定了伴奏的氛圍？」

我感覺自己好像觸及到了音樂的驚人祕密。該說是音樂？還是鍵盤的彈奏方式？如果真是這樣的話，我這樣彈呢？

「從為難表情移到開心表情，再換到堅決表情……像這樣……」

我以前覺得伴奏很複雜，旋律還比較好懂一些。貝斯也是，頂多只是大概知道有這些角色而已，並沒有具體掌握。但現在好像真的懂了。這些表情符號或許正是掌握即興作曲的關鍵也說不定。

「妳可以多方嘗試，換彈看看悲傷的感覺。」

「嗯。」

我找到悲傷表情的琴鍵按下去。右手旋律老實說根本隨便亂彈一通，就只是持續發出聲音而已。我把注意力集中在左手小指上，悲傷表情、無聊表情，偶爾換成開心表情，逐漸堆疊出氛圍。

「……不敢置信。我竟然在即興作曲！」

我還是想不通為什麼光憑小珠貼上的那些表情符號，就能幫助我使用『高級技巧』!?而且我馬上掌握訣竅了，和小珠剛才示範的差不多吧。因為我有按照自己的心情彈出片段的東西……

「小鶯，妳也試試看吧？」

「好。」

我把肩背式鍵盤交給小鶯。然後，小鶯也和我一樣，甚至比我更快上手，照著自己的感受開始即興作曲了起來。

「……做到了……耶。」

「嗯……做到了呢……」

「不錯呢。妳們都很有模有樣喔。」

小珠心滿意足地點頭微笑。可是，我還是不懂這之中的邏輯。

「有點難以置信……為什麼我們一下子就能做到呢？」

「為什麼能做到嗎？……的確，先解釋一下比較好。」

小珠從小鶯手中接過肩背式鍵盤，停頓了一下開始解說。

「通常說明時，會用到很多專有名詞，但伴奏其實就是這麼單純。每一個鍵會產生的效果就如同這些表情符號，很好理解。」

「……真的有這麼單純嗎？」

「當然，如果要加上各種複雜的技巧，事情就會變得複雜。不過只用基本技巧的話，真的就這樣而已。」

「那左手拇指是做什麼用呢？先決定小指要按哪個表情符號，拇指維持原本的指型按下去？」

「……我知道了，就來解說一下和弦吧。」

小珠的聲音流露出些許興奮。

「剛才妳們彈伴奏時，應該也有發現『當小指按下一個表情符號時，姆指也會跟著平行移動』吧？**小指按的那個表情符號會決定情緒。至於拇指按的位置，就像是支持小指的力道，可以加強情緒。這時小指和拇指的距離就稱為『五度』。**」

「『嗯。』」

「**把小指當作一，往旁邊數到第五個音，所以是五度。**」

「原來如此，的確是第五個音。」

「為什麼同時彈一和五就會發出聲響強烈的和音呢？關於這一點，就涉及到音響學了。舉例來說，把微笑表情的C當作一時，五度的位置就是G，G是堅決表情。同時按下微笑表情和堅決表情的琴鍵，發出的聲音有種強而有力的穩定感。一個調中的不同音，各自具備了上面貼的那些表情的功能。順帶一提，**這種只彈一和五兩個音的和弦，在專有名詞上稱為『強力和弦』，或稱**

Omit 3。」

「強力和弦……聽起來很強而有力耶。」

「這是電吉他常用的用語。妳們剛才用我教的方法即興作曲，就是『選擇一種情緒（表情符號），以強力和弦（加上增強的五度）來伴奏，然後再憑感覺彈旋律』。」

「原……原來如此！我好像懂了，但又沒完全懂……」

小珠說明的方式明快易懂。很容易懂沒錯，但作曲有那麼簡單嗎？若是真的，哪遠比我原本想像的容易多了……

「欸，小珠，用這個方法，的確可以順著心情即興彈出伴奏和旋律，但……什麼樣類型的曲子都可以用嗎？真的只要這樣就可以了嗎？」

「不是什麼類型都可以這樣做喔。不過，至少流行歌曲一定沒問題。我用這個方法彈〈Country Road〉給妳們聽聽看。」

語畢，小珠的左手小指和拇指就按住兩個鍵，右手則彈起〈Country Road〉的旋律。嗯，還真的行得通耶。聽起來的確是〈Country Road〉，而且加上了伴奏。

「怎麼樣？大部分的流行歌曲都可以用這個方法喔。」

「等一下，小珠。我想更深入了解……為什麼可以這樣做呢？」

「任何人都可以像剛剛那樣即興作曲。說得再明白一點，就是以此為基礎，臨摹世界上形形色色的歌曲。過程中，我們就可能被自己彈出來的音觸動，感受到美妙的『情感流動』。以〈Country Road〉為例，旋律加伴奏的組合就能產生出一種『娓娓道來』的感覺，很扣人心弦，我在內心又小小讚嘆了一下呢。」

「……原來如此。」

我感覺小珠應該又省略了相當多的樂理知識。不過，這難道就是……？

「小珠，妳剛剛說的那個『情感流動』，是不是就是樂理書裡面寫的和弦進行？」

「沒錯！」

小珠瞬間流露出驚訝的神情，高興地說：「**通常，樂理書裡面會寫和弦進行怎樣又怎樣，若轉成文字其實意思是『有這種情感流動的模組喔』、『那首曲子用的是這種情感流動喔』或『這種情感流動很常用喔』，只是這樣而已。那些經典伴奏的確都相當觸動人心，但如果不了解其中的意涵，只是把和弦加以排列組合，就不叫創作，對吧？要是搞錯這一點，就算把和弦進行全部背下來，反倒會離作曲的本質愈來愈遠！**而且……」

「樂……」小鶯小聲說。

「舉例來說……嗯？剛才是不是有什麼聲音!?」

「是小鶯啦，小珠。」

「喔喔，什麼事？鶯！」

「那個！……我想問……跟和弦進行有關的問題。」

小鶯像是衝到一路疾駛向前的小珠卡車前方，雙手在胸前慌張地不停揮動。她鼓起了很大的勇氣呢。

「……看樂理書時，我會照上面寫的和弦進行彈彈看，大概感受那個氣氛，可是……我不知道該怎麼把那些東西應用到作曲上。」

「鶯道出很多人的問題呢！**這就是看樂理書會遇到的瓶頸。那些是在告訴讀者在這首曲中，和弦進行，也就是情感流動，是長這樣子喔，提供參考而已。基本上，要用自身的情感流動來作曲。除非是打定主意要完全模仿，否則書上的和弦進行範例對作曲幾乎沒有什麼幫助。**」

＊～＊～＊～＊～＊～＊

後來我們又用剛學會的「即興作曲」彈了一些零星的旋律片段。雖然還有一些地方沒能徹底掌握，但一連幾次彈下來，好像也慢慢抓到訣竅了。

「老實說，我還是有點似懂非懂，但這招真厲害！」

原本還覺得這些表情符號有點幼稚，納悶小珠想做什麼，但現在看來圖示的確比一堆數字更直觀。居然只要這樣，真是令人大吃一驚。

……專心玩了一會兒令人驚奇的「即興作曲」後，今天就到此散會了。結果，我要教小鶯作曲的事就這樣擱下了，不過我們都感覺收穫滿滿。雖與原本計畫不同，但這樣也不錯。

離開小珠家後，我牽著腳踏車陪小鶯走到車站。

「……我當時只花了十四天喔。」

「十四天⁉」

我們在回家路上閒聊。小鶯驚訝地睜圓雙眼，她的表情難得這麼豐富。

「現在回想起來，還是很不真實呢。居然十四天就完成了一首曲。」

「對呀。十四天學會作曲……這實在難以置信。不過，如果是珠美學姊來教，或許真的辦得到呢。」

「辦得到喔。小鶯，妳也可以。妳應該會比我更快上手。畢竟妳有玩音樂的經驗啊，會學得比我快。不是我自誇，我可是完全沒碰過音樂的大外行。」

一邊說一邊才又想到我果然不適合教別人吧。教作曲這件事，還是交給小珠可能比較好。不過小鶯希望我來教她，讓我很高興。

「作曲……好玩嗎？」

「嗯。好玩喔。非常好玩。」

「有多難呢？」

「其實不難，連我都可以了。妳一定沒問題，放心！只要有喜歡的東西，誰都可以嘗試作曲。」

「……」

「嗯？怎麼了？」

「如果沒有喜歡的東西呢？」

「啊……」

我被突然冒出的問題給問倒了。不過剛才好像就是卡在這個話題上。是不是就像小珠說的那樣，可能只是處於還沒找到的狀態而已？

「真的沒有喜歡的東西……有人這樣嗎？」

「一般都會有喜歡的東西吧。」

「……」

小鶯的聲音很低。看來她似乎認定自己沒有喜歡的東西……是這樣嗎？

「小鶯真的沒有喜歡的東西嗎？總會有一兩個吧？」

「啊……我只是問問而已……沒什麼特別意思。」

「那就沒問題了啊！嚇我一跳。若沒有喜歡的東西，那可能會比較棘手！小珠也常講，擁有能讓自己著迷的東西很重要。她說『努力比不過全心投入』，我很認同這句話。」

「努力比不過全心投入……」

「啊哈哈……嗯？」

我牽著腳踏車，和小鶯肩並肩走在路上。突然，小鶯停下腳步，表情有點異狀。

「……妳怎麼了？小鶯？」

「……那麼，對任何事物都沒辦法著迷的人，又該怎麼辦呢？」

「什麼怎麼辦？啊啊！」

這句話肯定勾起了小鶯內心裡的某個記憶。或許是管樂社的過去，也可能是其他往事。我當初第一次聽見這句話時，也有種渾身一震的感覺。我想起來了！

「只要想起自己喜歡的東西，距離著迷一定就不遠了喔。對了，小鶯，妳還沒布置桌面吧？」

「布置桌面？」

「就是在專門用來作曲的桌子上，擺滿一大堆自己喜歡的東西！在牆壁上貼海報，擺放娃娃、照片、收藏的包裝盒，還有專輯之類的東西。讓這些東西幫助妳回想起自己喜愛的事物，慢慢地找到自己想做什麼樣的音樂。想得愈具體愈好，再用自己的方式一點一滴讓曲子成形。小珠說『這就是作曲』。」

「很像珠美學姊會說的話呢。」

「對吧！我聽到時也是受到很大的衝擊。原本以為作曲要思考的應該更多是理論的東西。」

「……」

「……小鶯？」

「啊，不好意思。我不小心發呆了。」

「啊哈哈。畢竟今天學了新東西嘛。即興作曲很有趣，對吧？」

「對。幸好有加入作曲社。」

「現在還不算正式社團啦。但說到這個，今後還有很多想做的事！中庭表演啦、作曲夜宿營啦、校慶也想做點什麼……」

「喔？」

「我不想我的青春是一片空白！接下來，我要嘗試更多不同的事情！」

「我在管樂社時有類似的表演經驗。很開心。」

「啊！真好！好羨慕！我好想做這件事！」

「嗯，感覺那天的午休時間很特別，和平常都不一樣，雖然在別人面前吹奏有點不好意思，但玩得很開心。」

「對吧！對吧！光想就覺得很開心呢。我們學校的管樂社偶爾也會在中庭表演，每次看他們表演都羨慕得不得了。」

「校慶要做什麼呢？」

「校慶呀，那個……我還沒想到耶。」

「嗯。」

「我還沒有仔細想細節的部分，但已經決定一定要做的事！妳看，大概是這些事情！」

我從書包中取出寫著青春計畫的筆記本，大方展示給小鶯看。

「哇——呵呵。」

「嗯!?小鶯，妳笑了!?」

「沒有，不好意思，我沒笑。呵呵……對不起，因為上面寫了甲子園，我想這目標也太難達成了吧？」

「我有寫嗎？啊！真的耶。哈哈。這真是天方夜譚。不過，我要的就是這種感覺，怎麼說咧……反正就是這樣啦！妳應該懂吧？」

「嗯，我懂。」

「想做的事情很多，但要一件一件來才行。」

「啊，彩葉學姊。我要搭車了。」

不知不覺中，我們已走到車站。小鶯笑著揮手，走上車站前的階梯。

我的青春計畫似乎稍微推進了一點點，又好似完全沒有前進。儘管作曲社連八字都沒一撇，但學到新東西，也結交到新夥伴。已開始變化的日常風景，將為青春寫下精采的一頁也說不定。我萌生了這樣的想法。

今天就到此為止！

珠美的筆記

關於即興作曲

以下內容偏中級程度。考慮到對有些人來說可能這樣說明比較好懂，因此在此稍微補充一下。

本書在說明即興作曲時，會利用表情符號輔助，我想表達的是，「Do、Re、Mi、Fa、Sol、La、Si」原本就具備傳達不同情緒的功能。順帶一提，在和弦書中通常會用別的方式呈現，如下面這樣。

Do	Re	Mi	Fa	Sol	La	Si
I	II	III	IV	V	VI	VII

各位經常講的ⅡⅤⅠ，就是指讓根音以Ⅱ→Ⅴ→Ⅰ移動時的情感流動。用表情符號來說，就是「糾結混亂」→「下定決心」→「愉快微笑」。

ⅡⅤⅠ被奉為無敵和弦進行，或許是因為在聲響效果上，這組和弦進行所表現出的心情，會令人感到十分貼近自身吧。

在本話中，即興作曲是這麼教：小指按住決定好的表情符號，拇指則按住五度的位置。五度這個距離，能使拇指彈的音增強小指那個音（一度）。如果這裡再把三度，也就是正中央的音加上去，就是基本的三和弦。換句話說，彈和弦指的就是這麼一回事。

一開始只有小指（一度），然後加上五度。等習慣之後再加上三度。熟練之後，可以挑戰加入第四個音，變成「七和弦」，很好玩喔！（四和音就是加進了四種表情，因此可以展現出更加有層次的情緒喔！）

第五話

大調／小調

「真煩。」
「妳怎麼了，小珠？」
「有夠煩。」
「……到底怎麼了？」

早上。在教室裡，小珠趴在桌上臉色看起來超級難看，渾身散發出少見的負能量。

「今天是什麼日子，妳不曉得嗎？彩葉。」
「有什麼特別的事嗎？」
「明天的校外教學是今天要分組吧？」
「啊啊，對耶！去鎌倉嗎？」
「為什麼高中還有校外教學啊……『自行找同學一組』不知道害了多少人陷入不幸，學校難道都不曉得嗎？話說回來，我們大家都是被隨機分配到同一班，並非出於自願同班，在這麼狹小的空間裡，不管喜不喜歡都得和同學好好相處，現在又搞什麼小組啦？人類為什麼總是喜歡做一些會引發爭端的蠢事？放大家自由活動不就好了嗎？」
「小珠，第一次看到妳這麼崩潰耶。」
進入新學年後，重新分班了。小珠原本就特別內向，剛升上三年級的那段期間，一直都只跟我一個人來往，完全沒有認識新朋友。就在這種情況下，到了春季的例行活動——校外教學。

「還是我明天請假好了？」

「什麼——!?可是我期待很久了耶！」

「我很常去鎌倉啊。說起來，我前天才去過。」

「是喔？」

「嗯。作曲老師就住在鎌倉。」

「原來如此。那交給妳帶路。小珠，我們一起去嘛。」

「我也很想跟妳去……可是，小組裡的四個人不是得一起行動嗎？跟另外兩個人整天待在一起，到底要聊什麼才好……要是我們兩個單獨去的話一定更好玩。」

「妳這麼討厭小組行動啊？」

「彩葉，妳的肩背式鍵盤借我。」

「咦？好……」

整個人看起來無精打采的小珠抬起臉，把肩背式鍵盤放在桌上，依然一副有氣無力的模樣，不看鍵盤就彈了起來。

「……嗯？好熟悉的曲子！」

「我想著《禁忌的遊戲》（Jeux interdits）的感覺隨便彈的……嚕—嚕……嚕—嚕—嚕……♪」

「還以為妳要做什麼咧。真不愧是小珠，連紓解鬱悶的方式都跟人家不同。」
「啊啊，人類為什麼總是會犯錯呢……嚕嚕……♪」
「還真沒想到這台肩背式鍵盤會在這種時候派上用場。」
「我明天想請假，彩葉，祝妳玩得開心。生吻仔魚蓋飯很好吃，還有一定要去鴿子餅乾總店喔。」
「不要啦！小珠，妳也一起去啦！」
「妳不用管我。」
「……」
小珠放棄溝通，趴在桌上，留我一個人傷腦筋。……這時，交談聲從後方座位飄進耳裡，她們是交情十分要好的小尚跟江戶川。小尚是熱門音樂社的社員，是那種會拿一把吉他自彈自唱，很出風頭的校園人物；江戶川則總是窩在圖書館，看起來很文靜的冰山美人。從對話內容聽來，她們似乎打算兩個人逛。……我突然想到一個好主意，說不定有機會說服她們？於是，我開口向兩人搭話。
「……不好意思打斷妳們，我和珠美想跟妳們一組，而且我有一個主意……」
原來大家心裡都有數。儘管學校規定要四人一組行動，但上有政策下有對策，只要檯面上湊成一組，等待時機就可以分頭各自行動，這招根本很稀鬆平常。我的話都還沒講完，她們就立刻答應了。就這樣，我們約好到當地就各自行動。然後，我再次遊說小珠參加校外教學。

「唔哇！彩葉，妳是談判高手嗎？好，我去！我開始期待校外教學了！好棒喔！買什麼零食帶去呢？」

「妳會不會轉變太大了啊？」

「跟不認識的陌生人，和跟自己喜歡的朋友，心情上完全不一樣啊！是說我們會待幾個小時啊？這下要開始忙了！我會安排最精采的校外教學行程，妳等著看吧！」

「啊哈哈……妳開心就好。」

＊～＊～＊～＊～＊～＊～＊

「說起來，三個人一起來這裡是第一次耶！」

「……小鶯，抱歉喔，要妳陪我們。」

「不會。我也喜歡來這裡。」

——放學後，我們拉著小鶯一起去大型購物商場「FIVE PENNIES」。賣場裡面有樂器行、電腦專賣店、服飾店和遊樂場，還有電影院、展演空間（這裡似乎是非常出名的表演場地）。

「對了，小珠，妳突然說要來，是要買什麼？」

「我想買校外教學要用的包包、水壺、涼鞋、帽子和零食點心，還想買 HDR 格式的數位相機和自拍棒。」

「哈哈，旅行全套裝備嗎？」

「沒錯！以前校外教學都沒什麼愉快的回憶！這次我要盡情玩個夠。」

……這樣說來，去年春季的校外教學，小珠好像都跟不熟的人一組？咦？她有參加嗎？

「好——喔，我們就好好大玩特玩吧！一定要讓妳留下『校外教學也有愉快回憶』的印象。」

「不過呀，讓妳們陪我也有點不好意思，如果想去別的地方逛逛，要不要先去？」

「沒關係啦，我當跟班陪妳買東西。」

「啊，我也是……」

……才說完這句話沒過幾分鐘，我就開口向小珠說：「啊，抱歉，小珠，我們可以去一下這家店嗎？」

「嗯？喔喔，樂器行嗎？當然好。」

以前踏進樂器行會感覺格格不入，現在已經成為我最愛光顧的店家。

「呵呵。樂器行也納入我的勢力範圍了呢……」

「勢力範圍？」

「啊，沒事。小鶯，妳常來樂器行嗎？」

「國中時偶爾會來。買樂器的配件等等。」

「妳說過妳是吹薩克斯風和單簧管？」我接著問。

「對。」

「薩克斯風好玩嗎？」

「……比單簧管容易吹出聲音，不過也不容易學。」

「喔!?」

我知道薩克斯風，但沒聽過單簧管……

「鶯，妳最喜歡哪個？」

「薩克斯風和單簧管……嗎？」

「……嗯，還是沒有特別喜歡哪個？」

「啊，不是，若問哪個較好吹奏，應該是薩克斯風，但最觸動我的樂器，應該是單簧管吧？

所以有點難選呢。」

「這倒是令人有點意外。」

總感覺小鶯似乎不太想談及自己的喜好。為什麼呢？……這時也不適合深入追問。

「彩葉，彩葉！妳看這個！想帶樂器去校外教學耶。」

「帶樂器!?會不會太醒目……了？」

小珠神情雀躍，雙手拿著沙鈴。但這個應該不能帶去吧。

「珠美學姊，妳這麼期待校外教學嗎？」

「嗯！我今晚可能會睡不著！」

「哈哈，妳還是小學生嗎，小珠。」

「不過，很棒耶。可以這麼期待一件事。」小鶯語氣溫柔地說。

「啊哈哈。小鶯妳有所不知，她今天早上可不是這個樣子，一直唉唉叫，說什麼不想和不熟的人一組，明天要請假……」

「珠美學姊，真的嗎？」

「嗯。我實在很不想去，光想都快要吐了。」

「這麼誇張……啊？」

語音剛落，小珠興致高昂地走到鋼琴區，在一架鋼琴前一屁股坐下。

「這裡的鋼琴可以擅自碰觸嗎？」

「只是試彈的話可以啊。」

然後，小珠心情大好地即興彈了起來。嗯？這個，好像是我知道的曲子？

「這首曲真令人熟悉啊！」

「這個？這是今天早上彈的那首，我改成即興開朗版本。」

「還可以改成開朗版本啊！」

「這是一種簡單的技巧。話說，還沒解說到這裡？」

「？」

「用這首曲可能更好懂。妳們聽，這首曲叫什麼？」

小珠一邊說，手一邊彈起我很熟悉的曲子。

「〈My Neighbor Totoro〉（となりのトトロ）！」

「沒錯。不過，有心事的龍貓，就會變成這樣……」

小珠繼續彈，原本很快樂的旋律 TO、TORO♪TO、TO～RO♪，瞬間變得陰鬱不安了。

「咦？旋律好像完全沒變？變的只有伴奏？」

「對。還有，再來是低迷不振的龍貓，會變成這樣……」

小珠一邊說一邊做了「調整」，彈出另一個版本的龍貓。聽起來情況好像很嚴重，我都開始擔心了起來，覺得牠是不是該搭貓公車去七國山醫院一趟比較好。

「咦？是說有開朗的、憂愁的和情緒介於中間的？」

「沒錯。**透過各種組合搭配，例如『開朗的旋律＋開朗的伴奏』、『憂愁的旋律＋憂愁的伴奏』、『憂愁的旋律＋開朗的伴奏』等，就可為曲子帶來不同表情。**」

「哇！但伴奏和旋律不搭的話，聽起來是不是會很奇怪？」

「這個道理類似之前講過的風格重組，不過的確像妳說的，刻意選擇不合的旋律和伴奏，可以算是中級以上的技巧。**不過，人類的內心不可能那麼單純，可不是只有『開朗』或『憂愁』兩種表情而已。有時是哭中帶笑，有時是假裝生氣，內心卻很高興。如果旋律代表的是表情，那伴奏就是背景。**」

「嗯。」

「是說，先不用管理論面的東西。重點是該如何掌握住技巧。」

小珠一邊說一邊站起身，以眼神示意要我坐下。坐在這麼大一架鋼琴前面，不禁有點緊張耶。……與此同時，小珠繞到我身後，把下巴放在我的肩膀上，開始說明了起來。

「譬如用C調彈龍貓，就會是這樣。彩葉，妳彈彈看。」

「嗯。我彈看看……這樣？」

我用單音彈出龍貓副歌的旋律，不小心彈錯了幾個音。

「妳來幫龍貓加上伴奏看看。用即興作曲的要領。就彈副歌部分，小指先按微笑表情，也就是C。怎樣?有感覺了吧?」

「嗯……」

「這就是『開朗旋律+開朗伴奏』的龍貓。接著下一個版本的伴奏，請彈往左數第二個白鍵。對，沒錯。旋律不變喔。」

「……喔喔，是剛才有一點不安的那個版本。」

「讓歌曲塵埃落定的那個音，就稱為『調』。調有開朗的，也有憂愁的。像這樣往左移兩個白鍵，用專有名詞來說就叫作降低三度（※因為黑鍵也算在內，總共移了三格），如此一來開朗就會變成憂愁。這兩個調分別稱為『大調 major（開朗的）』和『小調 minor（憂愁的）』。」

……等等?往下三度?啊啊，真的耶，向左移兩個白鍵，會經過一個黑鍵，就是三個了。

「再來，旋律部分也一樣往左移兩個鍵看看。」

「嗯。……啊，聽起來好鬱悶。」

「這就是旋律也變成小調的狀態，就是『憂愁旋律+憂愁伴奏』。到此，旋律已經和原來不一樣了。在音樂原理上，就是當往左移兩個音後，調的領袖就移位了，因此整體氣氛也會隨之改變。差不多是這種感覺吧。這部分會牽涉到一個叫作『調式』(mode)的概念。不過呀，現在不知道也無所謂，**只要先記住調有分開朗的大調和憂愁的小調。改成小調就是往下移三個音（包**

大調和小調

不管是大調或小調，調的組成音都相同。只是，『Do、Re、Mi、Fa、Sol、La、Si』分別具備 1～7 的功能，其相對位置是固定，必須視為一整組一起移位。

①領袖。這個小隊的核心人物。
②低調文靜。比起領袖，想法更傾向⑥。
③較情緒化。當心情轉變時，就會引發全場氣氛相當大變化。
④有點奇怪。喜歡領袖和副領袖。
⑤副領袖。很強勢。超級喜歡領袖。
⑥低調文靜。想法有時候和領袖完全相反。
⑦奇特的怪人。發生奇怪的事時，多半都與這傢伙有關。

C 調「大調（C major）的情況」

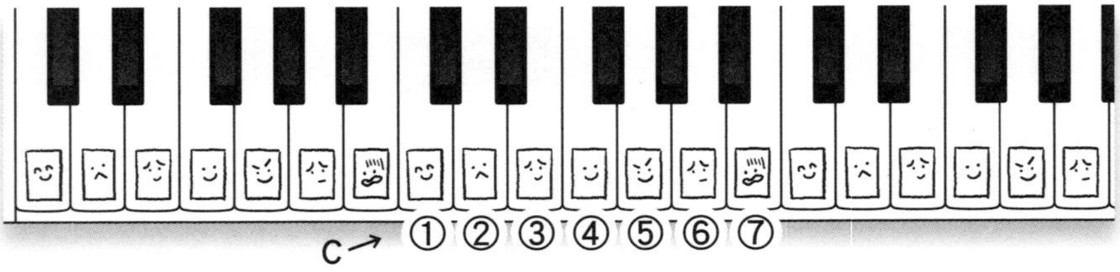

因為由正面開朗的人當領袖，所以整體氣氛清爽明亮。

C 調「小調（A minor）的情況」

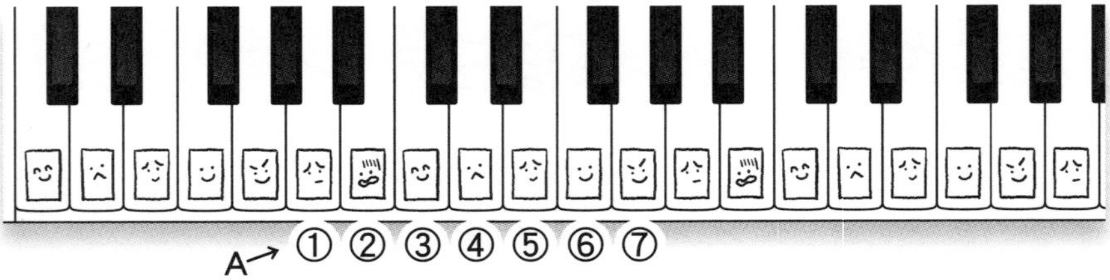

因為由負面憂愁的人當領袖，所以整體氣氛沉悶嚴肅。

含黑鍵），這樣就夠了。」

「嗯。一次學一個東西比較好吸收。」

「鶯，妳要不要也試試看？」

「好。」

我把位置讓給小鶯，站到她身後。……但我覺得自己還沒有徹底理解，於是取出肩背式鍵盤。上面還留著小珠貼的表情符號。

「……啊……應該是……這麼回事吧？」

「就是這樣喔。」

看著小珠貼的表情符號，我從中發現到某種規律性。原來如此。貼了表情符號的鍵總共有七個……愉快的表情有三個；悲傷的表情也有三個；剩下一個則是害怕的表情。如果用那幾個悲傷表情符號作為樂曲回歸穩定的音，氛圍也會變得悲傷，應該是這樣沒錯吧……？

「這個意思是說，不管什麼曲子都可以改成開朗的版本或是憂愁的版本嗎？」

「沒錯。這是最常用的編曲技巧之一。比方說像這樣，鶯，妳彈一下〈Happy Birthday to You〉的旋律。第一個音要彈在G。」

「好。……這樣嗎？」

「儘管彈。」

小珠把小鶯彈的〈Happy Birthday to You〉的旋律，配上了帶有寂寞氣息的伴奏。感覺是邀請朋友來參加慶生會，卻一個人都沒來的〈Happy Birthday to You〉……

「如果把旋律也改成小調，還會更悲傷。差不多是這種感覺。也就是說，我們可以把一首曲變開朗，也可以變憂愁。**就算同一個調，只要把回歸穩定的音往下移三度就行了。譬如原本是C調，那基準音就會變成A。**」

「原來如此。」

「好寂寞的生日喔……」

「嗯，解說差不多到這裡吧！明明沒有要買卻一直試彈也不太好。」

「啊，的確呢。」

＊～＊～＊～＊～＊～＊～＊

「哇啊！這個包包很不錯耶！很適合校外教學！」

「咦？小珠，妳真的要選那個嗎？」

「妳看這個！以前小學就是背這種上面印有哈囉貓的背包耶！超級適合校外教學！我以前都

背這種耶，好懷念喔。」

在賣場裡，小珠對那些高中生已經不背的可愛背包心動不已。她好像決定明天的校外教學就要背這個。不過，小珠喜歡就好。

「我要塞滿零食，啊，還要帶保溫瓶。」

「買瓶裝水不就好了？」

「妳不懂啦，就是要保溫瓶。」

「好吧，妳開心就好……」

沒有人可以阻止小珠呢。不過，小珠愛怎麼做就怎麼做，畢竟一起行動的人只有我而已。……啊！可是，如果太過於與眾不同，可能會被其他同學指指點點呢。

「喔，便當也用可愛圖案的束帶，要不要捏飯糰帶去呢？」

「好耶！要撒香鬆喔！還有海苔雞蛋！」

「……小鶯，妳怎麼都不說話？」

我留意到小鶯和正在興頭上的小珠保持了一點距離，於是主動向她搭話。

「啊，沒有。珠美學姊看起來好開心。」

「小珠就是這樣，碰到開心好玩的事，就會瘋狂投入！偶爾會非常失控。」

「開心是好事吧——？」小珠不服氣地反擊，接著轉向小鶯問：「這隻貓很厲害喔，歷經不同時代和世代依舊受歡迎呢。鶯，那妳喜歡什麼？」

「咦？」

「妳喜歡什麼IP？」

「……可愛IP嗎？」

「對。嗯，也不用一定要是IP啦，話說，我不曾問過妳喜歡什麼？」

「……」

「……？」

「喜歡的東西……嗎？」

「對。喜歡的東西。妳喜歡什麼東西？」

「那個……」

「有喜歡的東西很重要喔，鶯。**不管想做什麼，喜歡的心情都是最重要的原動力。創作時得先找到這份動力**。」

「我也喜歡哈囉貓。一樣的東西也可以吧？」

「啊。原來啊。哈囉貓很可愛，對吧？我之前去三梨歐樂園時，有被哈囉貓擁抱，真的超級可愛！立刻就被迷住了！不為所動的人才奇怪呢！簡直是可愛到犯規！」

「啊哈哈，真的耶。」

「……？鶯，妳看起來無精打采，怎麼了嗎？」

「沒有……」

「身體不舒服嗎？」

「沒有，我沒有不舒服。」

「怎麼覺得妳哪裡不對勁。」

很怕追問下去會讓小鶯更加難受，我見狀想阻止小珠。

「小鶯自己都說沒不舒服了，妳就放心吧。」

「喔。那就好。啊！糟糕！已經這麼晚了，還要買相機和自拍棒……」

「我們跟妳一起去吧。……小鶯OK嗎？」

「那個，不好意思。我差不多該回去了……」

「啊，這樣呀。那後天見！」

「好。祝妳們校外教學玩得開心。」

「回去路上小心喔，小鶯。」

「好。我先走了。」

——總覺得不太對勁。小鶯剛才說話的語調，和她整個人的感覺，都跟平常不太一樣。

「我們趕快買完，也差不多該回去了。」

「嗯。」

「哪裡有賣自拍棒呢？」

「它算是手機配件，電器行應該有吧？」

……

「小珠，抱歉……」

「嗯？怎麼了？妳要去廁所嗎？我可以等妳喔？」

「不，不是，我有事忘記跟小鶯說了。」

「喔。那妳先去找她吧。」

「嗯。抱歉喔。待會見。」

——怎麼想都覺得不放心。隱隱約約覺得一定有什麼事，我的直覺告訴我，現在不能放小鶯一個人。於是，我朝小鶯離開的方向追去。希望是我想多了，可是不知道為什麼，我現在很想送她到車站。就算只是短短的路程。

〈美空鶯的故事〉

——偶爾，我會不自覺地想，我這個人實在很無趣。

講這種話太自虐了，對不對？這點我很清楚，但我就是會經常強烈感受到自己是一個無趣的人。

有些人熱情奔放，總是能大方顯露出自己的心情。有些人對一件事物特別認真。還有些人打從心底著迷於自己熱愛的事物。不管在國中或高中，不時都能看到這樣的人。……每次看到這種人時，我總會對自己感到失望。心想：

——我難道真的沒有喜歡的事物嗎？

我也曾問自己：喜歡畫畫嗎？喜歡的藝人是？興趣是？有喜歡的音樂？有喜歡的電影？喜歡的甜點是？有喜歡的漫畫？……什麼都可以，有沒有喜歡的事物？

——好像都還好。

其實，有是有，但都是三分鐘熱度，沒辦法和那些人的熱情相提並論。就算能聊上，沒幾句就超出我知道的範圍。我不想被對方識破，也怕對方發現我們喜愛的程度有落差後會感到失望。

……大家都能理直氣壯地宣稱自己喜歡什麼，我卻說不出口，因為我的喜愛程度就是這麼淺，熱度就和餘溫快要散逸的暖暖包差不多。

……究竟有多少人能夠理解我這種感受呢？像我這樣的人果然是少數吧？我懷疑自己是不是特別冷漠？也經常感到一種言語難以形容的寂寞。

我曾經希望自己能變得很熱血，也曾經模仿別人很熱血的行為。可是……連自己都很清楚那只是演出來的假象，沒辦法變成真的。不由得懊惱自己到底在做什麼。

──珠美學姊說「喜歡的事物就是作曲的原動力」。這句話深深打擊我，像我這樣的人果然不行。就算找人傾訴，也改變不了什麼，畢竟這是我自己的問題。我很清楚這樣只會造成別人的困擾。我只要保持沉默，在一旁看著學姊們開心玩就夠了……

……我，為什麼，會想作曲呢？

理由很單純。只是覺得會作曲一定很棒。可是，如果擁有喜愛的事物對作曲來說很重要的話，那我可能做不來吧。話說回來，先找到喜歡的事物，再來作曲就可以了。可是……

那種東西是說找就能找到嗎？

若是情感豐富的人，這種時候心裡肯定會難受到流下眼淚吧。我就不是那種人。我果然很奇

怪吧？還是假哭一下好了？

……要是能找到喜歡的事物就好了。

我知道該怎麼勉強擠出眼淚。只要流下眼淚，就能成為情感豐富的人嗎？還是能變成有熱衷事物的人，變得開心？——我很清楚就算逼自己流淚，也不會有任何改變。但目前只想得到這個辦法了。

唔……（吸鼻子）……唔……（吸鼻子）……

啊，眼淚真的流出來了。咦？流了好多眼淚……還有鼻涕……衛生紙……呢？

——現在的我，看起來是不是一個情感豐富的人？

「——小鶯！」

「？」

有人大聲呼喚我的名字，把陷入胡思亂想的我猛然拉回到現實世界。回到看得見遠處的車站，我身處在FIVE PENNIES旁邊有點昏暗的小巷子。

「彩葉學姊……？」

她為什麼會在這裡？還一副拚命奔跑過來的樣子。啊，糟糕，我現在……

「小鶯，妳怎麼了？沒事吧？」

「啊……！那個，沒、沒事！我很好！」
「怎麼可能沒事！妳怎麼了？」
「那個……真的不是……妳想的那樣……不好意思，真的沒事。」
「……」
「彩葉學姊……那個……為什麼？」
「因為妳剛才的樣子很奇怪，我不放心就追上來看看。」
「……」
我剛才的樣子很奇怪嗎？真傷腦筋。該說什麼才好呢？要把我剛才腦中閃過的想法全部說出來嗎？可是，就算說出來又能怎麼樣呢……還是編個比較合理的說法，先蒙混過去吧？

「小鶯？」

看著學姊認真的眼神，我沒辦法編理由敷衍她。我剛才那個想法真是太狡猾了。只是，我不曉得要說些什麼……
「看著彩葉學姊，不禁讓我想起國中時的一個朋友。」
「國中？」
「嗯。」
「怎樣的朋友呢？」
「她活潑開朗，非常受歡迎，雖然不太會念書，但運動神經很出色，籃球也打得很好，還會跳舞呢。她在管樂社是負責打擊樂器，常說自己未來的夢想是成為女演員。因為她不知道怎麼念書，所以由我來教她……漸漸地我們就變成好朋友了。」

啊，我說這些幹什麼？彩葉學姊根本不認識她。

「……？跟我像嗎？」

「啊，嗯。彩葉學姊應該很會念書。」

「讓妳失望了，我的成績普普通通耶。先不管這個。妳繼續說妳那個朋友的事。」

「好。……她的行動力很強，個性開朗又可靠，是我很喜歡的一個朋友，但或許也正因為這樣吧，看著會哭會笑會生氣，不管做什麼都全力以赴的她，讓我覺得自己是個極為無趣的人。」

「……」

「彩葉學姊。沒有喜歡的事物，該怎麼辦才好呢？」

「？」

「……不好意思，我問了奇怪的問題。」

「……」

「我真的沒事。原本就很愛哭，學姊不用放在心上。那我先回家了，希望妳們明天的校外教學玩得開心。」

「啊……小鶯！」

我不想繼續給彩葉學姊添麻煩，便加快腳步穿過剪票口。適逢下班時間，車站裡人潮洶湧，正好讓我隱沒入人群之中。

我把不需要說的話，說出口了。

……真不該說出來。

第六話

想作曲的我們

「走吧，今天行程很滿喔，彩葉！讓身為觀光大使的我，帶妳逛逛鎌倉吧。」
「好，有勞妳了。小珠！」
「咦？誰的肚子在叫？彩葉還沒吃早餐嗎？沒問題！今天就放鬆心情吃吃喝喝吧！」
「啊哈哈。好——我們走吧！」
今天是校外教學的日子。我們和班上同學說好一到當地就分頭行動。小珠昨天就已經進入校外教學模式。至於我……老實說，昨天那件事讓我很在意，有點提不起勁。可是小珠一直很期待，我不能掃了她的興致。總之……
「我們去吃美食，小珠！」
「說到鎌倉美食……第一名還是紅豆湯吧！帶妳去吃分量飽足的香甜紅豆。不對，等等？在吃東西之前，要先去那個地方……真傷腦筋呀。」
「先去哪裡都行，就讓妳決定吧。」
「好！猶豫不決只是浪費時間，進度已經稍微落後了呢！好，走吧！我們先去車站那邊租腳踏車。」
「啊，嗯。」
小珠興高采烈地拉著我走向車站。騎上租來的腳踏車經過車站附近還可以看見許多同學的身影。今天是我第一次來鎌倉，這個地方有種京都的古都風情。建築物的景致一致，也沒有高聳的建築設施，天空很開闊。不知騎了多久，空氣中漸漸參雜一股鹹鹹的海水味。我們抵達由比濱海邊後，便迫不及待脫掉鞋子赤腳走下沙灘。

「這個季節還不能游泳呢。」

「鎌倉離海好近喔。騎車一下子就到了。」

「鎌倉這個地方呢……不管是市街、人潮或海，都給人一種剛剛好的感覺。」

「真的，讓人心情平靜。」

小珠剛才明明說行程會很緊湊，但我感覺很悠閒啊。我猜她其實沒有規劃很多地方，隨當下心情想去哪就去哪吧。

和小珠在一起就很開心，但不時又會想起深埋我心底的那股不安感。昨天小鶯說的那些話……我也曾經深有同感。

腦海縈繞著小鶯問我：「沒有喜歡的事物，該怎麼辦才好呢？」……我沒辦法回答。

我當時下意識就要脫口而出「那只是還沒發現自己喜歡什麼而已」、「妳有嘗試尋找自己喜歡的事物嗎？」……可是，儘管話已到嘴邊，我還是吞回去了。如果換作我處在小鶯的立場，肯定不想聽這些廢話吧。小鶯和我之間那短暫的片刻沉默，讓我領會到她的心情。

「妳只是還沒發現自己喜歡什麼而已」、「多嘗試各種事物看看」……這些話她一定聽膩了吧。不是沒有努力過，但還是一無所獲。太過平淡、毫無戲劇性的日常早已將我的心麻痺，無論如何掩飾，或短暫的喧鬧，都無法改變——內心那股空虛無聊。

「彩葉！喂——！」

「咦!?啊，抱歉，什麼事？」

「妳看！妳看這個！超級Lucky。」

「唔哇。這是什麼？好大的螺！」

「這應該是黑齒法螺。土產店賣的很貴，太幸運了。」

「哦，小珠。妳還懂貝類啊。」

「彩葉，這個給妳！」

「給我？可以嗎？」

「給妳當作鎌倉校外教學的紀念。」

「謝啦。……但我有點怕這種大自然的東西，感覺它具有生命。明明裡面什麼都沒有。」

「表面磨一下，就能消除讓妳感到害怕的因素。但保有生命氣息的貝殼只有海邊才找得到，很珍貴呢。」

「喔。」

光是一個貝殼，就能讓她如此興致盎然。就算問小珠「沒有喜歡的事物該怎麼辦？」她說不定還搞不懂是什麼意思。

「來海灘玩，就是要撿貝殼。對了，妳聽過灘梳嗎？就是海灘尋寶，找尋有藝術價值的漂流物、石頭或貝殼。雖然土產店裡販售的貝類也很美，但既然來了，當然要自己撿啊。彩葉，我可是特地為妳帶這本撿貝殼入門書來喔！」

小珠興致勃勃地放下背包，從裡面取出《在海邊就撿得到的貝殼入門》遞給我。校外教學特地跑來海邊撿貝殼，實在太有小珠的風格了。

「我們最先到，今天一定要撿到好東西！」

「啊哈哈，妳不用著急，其他人應該不會來撿貝殼，我們慢慢來。」

「是嗎？」

「其他人大概會去甜點店吧。」

「甜點店明明到處都有。」

「這樣說也沒錯。可是我肚子餓了。」

「喔。那我們晚點再來撿貝殼，先去吃新鮮現捕的吻仔魚吧！就在這個海岸旁邊。要吃就吃只有這裡才吃得到的東西！啊，順便去看江之電。」

接著，我們再次坐上腳踏車。鎌倉海岸右側是鐵路軌道，（這就是江之電嗎？）這裡的風景很不錯。我們騎了一會兒，小珠忽然緊急剎車。

「怎麼了？」

「這裡就是以景色優美著稱的『鎌倉高校前』。沿著平交道對面的斜坡往上爬一小段，視野很好喔。」

我跟在小珠後頭騎上斜坡。

「唔哇……這、這景色太美了！」

「天氣真好！天空好藍，真舒服。」

從斜坡上看見海面和天空的交界線，還有沿著海岸線行駛、只有兩節車廂的可愛江之電。眼前這幅風景就像明信片一般，流露出一股鄉愁。反射陽光、閃閃發亮的海面好美。

「這裡可以成為祕境耶。」

「電車駛過鎌倉高校前的平交道這一幕，可是《灌籃高手》的聖地，非常出名呢。」

「《灌籃高手》是講籃球的那套漫畫嗎？」

「對，妳看過嗎？」

「沒有。但聽別人說很好看。」

「《灌籃高手》很好看！井上雄彥老師的作品都很好看，但我特別推薦這部和《浪人劍客》。《浪人劍客》是講宮本武藏的故事，對宮本武藏寫的兵法書《五輪書》也有相當深入的著墨呢。」

小珠如連珠炮似地講了一堆，但我只是偶爾含糊附和幾聲。凝視著眼前這片絕佳觀景點的景色，心想小珠只要一開口講話，總會一下就切到自己喜歡的事物講個不停。小珠眼中所見的景色，是不是都格外美好呢？

「後面的行程還是不去吧，彩葉。」

「為什麼？」

小珠的聲音忽然有點嚴肅。發生什麼事了？

「我們坐下來聊一下吧。」

「……？可是，小珠不是說有很多地方想去嗎？」

「無所謂啦。怎麼了嗎？」

「妳問怎麼了……什麼怎麼了？」

「妳今天一直心不在焉，發生什麼事了吧。」

「……」

看來我一路上一直心不在焉的，被小珠發現了。

「妳在煩惱什麼嗎？是不好找我聊的事嗎？我也可以只聽妳說就好。」

「……不是。不算煩惱，就是有件事不知道該怎麼辦才好……」

斜坡上的一道石牆剛好有可以坐下來的地方，於是我們並肩坐下。沉默片刻，我開口問小珠。海面波浪反射出亮晃晃的光線，前方偶爾傳來江之電行駛通過的聲音，這一幕莫名令我印象深刻。

「抱歉。我還沒把自己對這件事的想法整理好……不知道該從哪裡講起。」

「沒關係。」

「嗯。小珠，假設……有人因為『沒有喜歡的事物』，正煩惱著不知道該怎麼辦才好，妳會給對方什麼樣的建議呢？」

「沒有喜歡的事物？」

「……」

我靜靜地等待小珠。那時傾聽小鶯的煩惱時，我一個字也說不出來。

「老實說，我也不知道要說什麼。」

「小珠，妳也不知道嗎？」

「沒有喜歡的事物，沒有令自己開心的事物，老實說，我不太理解那是什麼樣的狀態，但我知道世界上一定也有這樣的人。只是，那不就是沒發現自己喜歡什麼而已嗎？」

「是這樣嗎？」

我認為問題並不在這裡。

「**有時候，若不嘗試就永遠不可能知道自己喜歡什麼吧。**」

這點大家都知道，但還是有人怎麼也找不到。

「……妳是說鶯吧？」小珠接著說。

「……嗯。」

「其實，我一直很在意她的反應。一開始覺得她可能只是比較內向。但果然是這個問題啊。」

「……因為反覆提到作曲得先回想喜歡的事物，所以小鶯好像認定自己沒有喜歡的事物，就沒辦法作曲吧。」

「原來如此。」

「……這種情況，妳覺得該怎麼做好呢？」

我們兩個注視著斜坡、大海和天空，陷入沉默。片刻後，小珠開口說道。

「這樣的話，我認為不需要勉強自己作曲。」

「……喔？」

「聆聽也是一種樂趣，觀賞也是一種樂趣，好玩的事情這麼多，不作曲有什麼關係呢？」

「……」

妳不懂。不是這樣的，小珠。問題不在這裡。那種心情，是因為別的地方卡住了。

「……小珠，妳可能已經忘記了……或者，妳可能從來沒有經歷過這種心情。」

「……嗯？」

我試著向小珠說明那種心情。

「自己什麼都做不出來，只能一味接收，心裡其實很難受。我沒辦法形容得很貼切，但那是一種言語無法傳達，很無力的窒息感。」

「……」

「可能很多人並不會有這種感覺，就算做不出什麼也無所謂。畢竟世界上就是有各種人嘛……可是，有些人卻會因為自己沒辦法做出什麼而在某一刻忽地感到窒息。就像是我很喜歡電影、漫畫、連續劇或動畫，可是……看這些東西時，心裡偶爾會突然感到一陣空虛。」

「……」

「……為什麼會有這種感覺呢？連我自己也搞不清楚原因。欣賞別人的作品久了還是會感到無聊，當某天察覺自己只是裝出享受的樣子時，就再也沒辦法繼續欺騙自己了。所以，即使沒有能力，也不知道該從哪裡開始才好，明知會失敗，也只能做了。」

「……」

「……所以，小珠，我當時才會鼓起勇氣找妳。」

「……我懂了。」

「我呀，在學會作曲後，最大的喜悅不是來自於曲子完成了，而是『我也可以把自己的感受用音樂表達出來，再也不用受那種窒息感折磨』，讓我很開心。」

「……」

「所以，我大概比妳更了解小鶯的心情。畢竟我剛經歷過。」

「彩葉，妳說的對。」

「……可是，該怎麼幫她呢？」

小珠從石牆下來，走到我的正前方。

「小鶯為什麼想來作曲社？」

「這個嘛……」

「是因為彩葉。」

「……」

「既然如此，彩葉，這次輪到妳了。妳只要把自身感受和想法告訴她就好了。」

「……嗯。妳說的對。」

……

我們打算提前離開。在接近傍晚時分，我們取得負責點名的老師同意後，迅速返程。回到學校附近時，已是太陽微微西沉的黃昏了。

「妳連絡上鶯了嗎？」

「嗯。我傳訊息給她了，她回覆說會在中庭的長椅等我。」

「喔。」

「今天真抱歉。小珠一直很期待的校外教學……沒能好好玩……」

「沒關係。又不一定要等到校外教學才能出去玩，下次大家一起旅行吧。」

「好耶！一定喔！」

「當然！……對了，我今天不回學校，想直接回去。」

「妳要回去了？」

「對。我想鶯應該不想讓我看見她哭，也別讓她知道我們一整天都在聊她的煩惱。所以，我會假裝不知情。」

「……說的也是。這樣可能比較好。」

「那，鶯就交給妳了。加油。」

「好。謝謝妳，小珠。」

抵達離學校最近的車站後，我們便各自解散了。我踏著急促的步伐前去中庭赴約。

～～*～*～*～*

「啊……彩葉學姊。昨天真的很不好意思，說了奇怪的話。」

「不會，抱歉讓妳久等了。妳一定很無聊吧。」

「不會，我也想為昨天的事道歉，原本就打算等妳回來後要找妳講話。」

「喔？」

「真的。」

此時的小鶯看起來略有不同。印象中很內向溫和的學妹，似乎正向我表露不同的一面。

「學姊，昨天的事是不是讓妳擔心了？……我真的不要緊，請不要放在心上。把那些話忘掉吧……」

「不可能不要緊吧？不管怎麼說……」

「……」

「小鶯，我是來這裡想一些事，而妳只是剛好在我旁邊，聽見了我內心的想法。」

「……？」

「……很奇怪嗎？好吧，我就直說了，我不希望把自己的想法強加到妳身上，純粹是個人的想法。妳參考就好。」

太陽益發西沉，將我倆和長椅的影子拉長變形。稍作片刻，我將想說的話喃喃自語般地吐露出來。

「……我呀，其實，自己並不是很清楚自己想做什麼。作曲也只是一時興起，並不是因為特別想寫什麼……但在小珠的指導下，我領略到作曲的樂趣，也是最近才逐漸感受到自己真的找到了感興趣的事物。我理解小鶯的心情，因為不久之前的我就是這樣。」

「……」

「找不到真的會令人感到沮喪。小鶯為了改變這種狀態，肯定做了很多嘗試吧？我很想為妳加油。我自己也還在尋找的路上。」

「……」

「……其實，我每天還是會懊惱，常常懷疑自己是不是錯了，有時也會感到丟臉，也會覺得自己做的努力都是白費功夫。雖然這種念頭經常浮現，但沒關係。」

「……」

「我以前不管做什麼都持續不了太久，老是做一些奇奇怪怪的事，可是唯有一件事讓我可以一直喜歡下去。那就是作曲。原來只要知道方法，音樂的大門就會敞開了。」

然後，我說了從作曲所獲得的最重要的東西。

「當初我之所以想學作曲，大概是因為很渴望把自己的感受用音樂表達出來。其實，繪畫、寫作……等其他創作形式也可以成為表達的載體。**雖說有喜歡的東西對於作曲來說很重要，但如果真的找不到喜歡的事物，那就把那種鬱悶心情寫成曲吧。**妳是因為想要學會把自己的感受表達出來，所以才想加入作曲社吧？」

「……對。」

「……就算不厲害，平凡無奇也沒關係，先把自己真實的感受寫成曲吧。我不是很會，但我可以教妳小珠教我的作曲方法。等妳學會了方法之後，或許就有興趣了。」

小鶯就坐在我的旁邊，但我始終只用眼角餘光看，不正視她的臉。儘管如此，我也能清楚感受到小鶯的視線正聚焦在我的側臉上。

「彩葉學姊……」

「……」

「抱歉……」

「沒事，我也一樣。我大概懂。」

「嗯。」

一陣長長的沉默。此刻，小鶯心裡的感受一定很複雜，腦中思緒紛亂。我想不只是小鶯，很多人都有相同的困擾吧。只是有些人找到了表達的方法，有些人則不知道方法而已。有些事若不說出來，對方就不會明白；如果沒有得到對方的回應，也容易感到不安吧。我也想過，這次可能是我想太多，其實是我雞婆了也說不定。我經常想這些事，想知道自己和對方是否真的理解彼此的感受，所以一直用很笨拙的方式溝通，但或許還有其他更好的方法呢。

——正因為沒辦法用文字表達清楚，這種時候，就把自己的心情寫成曲吧。

今天就到此為止。

第七話

Jingle Game

「好難喔。」

「要再鬆一點！小珠，妳要隨時提醒自己打鬆一點！」

「鬆鬆的、鬆鬆的……啊，終於有一點鬆鬆的感覺了。」

「沒錯、沒錯。就是這種感覺！」

「啊啊……不過這邊啊，一開始的地方，好像太緊了……」

「妳還是新手嘛。」

「欸欸，這邊怎麼打再教我一下……」

「啊，這需要一點技巧。有好幾種做法，不過，妳想做的東西，應該用這種方法比較好。」

下午的家政課。我和小珠坐在縫紉教室裡準備上課。這堂課要教「織圍巾」。女生幾乎都有織過，但課堂上織又是另一種不同的感覺，很有意思呢。

「可惡……我原本想織一條全世界最長的圍巾，沒想到這麼困難……」

「妳想織全世界最長的圍巾？」

「對，既然要織，就要特別一點啊。」

「啊哈哈，還是新手就想織這麼長，太亂來了啦！不過很有妳的風格，小珠。」

「嗯……織圍巾很需要耐心耶，我的肩膀都快要僵硬了。」

「我也是……不知道怎麼舒緩呢。」

「用木刀按摩背部，斜斜地按壓，上下摩擦後背的肌肉，一下就能讓肩膀放鬆了喔。」

「真的嗎？」

「嗯。肩膀之所以僵硬，不是因為肩膀出問題，而是肩膀到後背的血液循環不良的關係。用堅硬的棒子按摩疏通，情況就會有所改善。」

「竟然能輕描淡寫地講出這麼驚人的常識！不過，妳怎麼會有木刀，也太神奇了。」

「作曲時偶爾也會僵硬啊。木刀是我緩解肩膀僵硬的最佳工具……啊啊，我快失去耐心了！織圍巾有這麼花時間嗎？我已經織很久了，怎麼只有一小片而已！到底要織多久才能織到一般圍巾的長度啊？彩葉。」

「不能急，小珠。心裡要想著鬆鬆的、鬆鬆的……」

「不管了，不用鬆鬆的也行啦，我現在就要打完！」

「……第一次看到小珠這麼焦躁。」

「我果然不擅長太細膩的手工藝啦。」

「一開始不要貪心，先練習織小一點的，妳看！完成迷你圍巾了。圍在娃娃身上應該很可愛吧。」

「哦！虧妳想得出來，妳到底都吃什麼長大啊!?簡直是天才。」

「啊哈哈！怎麼樣？織迷你圍巾不用花很多時間喔？」

「是、是。」

＊～＊～＊～＊～＊～＊～＊

「午安。彩葉學姊，珠美學姊。」

放學後，教室裡只剩幾個同學。我們正在等小鶯，當小鶯出現時很自然地目光都聚焦到小鶯身上。

「哎呀，發生什麼好事了嗎？鶯。」

「為什麼這麼問？」

「沒有，感覺妳的聲音比平常更有活力，很有精神。」

「有嗎？和平常差不多啊。」

確實如小珠所說。平常小鶯走進三年級教室時都很安靜，顯得有幾分膽怯，但今天似乎不太一樣。

「是嗎？……好啦，逗妳的。我要公布今天的主題了喔！」

「『今天的主題？』」

平時不一定有明確的主題，但今天有一個明確的主題也不錯，而且這樣更像社團活動了。

於是我接續著小珠的話，興奮地說：「雖然人數還不夠無法創社，但還是有事情可做，所以這個時間就當作是創社的前置準備吧。」

「喔喔，妳之前說的那個計畫嗎？我都忘得一乾二淨了。」

「現在這樣就很棒了。」

小鶯直率地說出心裡話，讓我突然間愣住，心裡不禁一顫。……這、這樣呀。看來，昨天那些話，對小鶯應該有點幫助吧。

「不，小鶯！現在這樣還不夠！我想以招募新社員為目標，在中庭辦一場作曲社（未獲官方認證）的首度表演！」

「表演？」兩人異口同聲。

「對！就是管樂社偶爾在午休時表演的那種演奏！我們三人應該可以吧？」

……儘管透露了短期目標，但我沒有把握一定成功。我想小珠應該知道吧，便以眼神詢問她。

「嗯。有機會喔。應該說，一個人也可以演奏 DTM 音樂。先作好曲，現場播放伴奏，三個人可以一起演奏一些東西，應該能完成一個像樣的表演。」

「妳的意思是……辦得到嗎？」

「辦得到喔。我家裡好像有戶外演出用的音箱，只要想做，就做得到呢。」

「哇——不愧是專業人士，小珠最棒了！」

「彩葉學姊，要在中庭表演的話，好像需要事先取得學校許可。」

「是喔？」

今天的小鶯比平常更積極呢。

「對。以前在管樂社時，好像都是社團指導老師幫我們申請。但我們沒有登錄在學校的社團名冊，不曉得怎麼申請？」

「嗯。」

果然會遇上這種問題。要在中庭表演，需要申請許可證。

「還以為想在校內哪裡表演都行呢，原來還有規定啊？」

「對。當然也要看地點，有時老師會借教室，用來輔導學生未來出路，如果活動的音量較大，又沒有事先申請應該會被罵喔。」

「啊啊——對耶，的確還要考量到這些事呢。」

「而且我們也沒有指導老師，該怎麼申請許可呢？」

「嗯。」

果然沒有想像中簡單呢。看來離達成目標，還有很多關卡必須突破……

「嗯。申請的事先暫時擺一邊吧！今天來想演出的曲目！」

「好！學姊，我們要來寫什麼樣的曲子呢？」

「至少表演三首歌吧。那就一人寫一首呢？」

「喔喔，好耶！唔哇——我開始感到興奮了！要寫什麼曲子呢？什麼風格都可以嗎？」

「啊……那個，小珠，妳要手下留情啊。」

「嗯？我知道啦，手下留情是吧？」

小珠要是火力全開，只會更加凸顯她和我們的實力有多懸殊。……但我也不想掃她的興。

「不，抱歉。小珠，妳要火力全開也可以！畢竟大家都是認真對待作曲。」

「……喔喔，彩葉，說得好！那我就放手做了喔！」

「小鶯，妳可以嗎？」

「啊，我會加油。只是……我、我還沒寫過曲……」

「咦？啊，對耶。」

我們都忘記了，小鶯還沒有實際寫完一首曲。

「我不知道自己能不能完成一首曲……要是寫不出來，嗯……」

「沒關係，鶯！彩葉一開始可是完全沒有音樂經驗，現在也會作曲了啊！」

「就是說啊，小鶯上次不是也即興作曲了嗎？」

「啊……也是。」

「要是不順利也不用太在意。妳可以演奏我和小珠的曲子。」
「好，謝謝學姊。不過，我也想嘗試作曲。」
「鶯……現在的妳和之前完全不一樣了耶？」
「有嗎？」
「有。該怎麼說，很積極，很棒！」
「啊哈哈……謝謝。不過，要完成一首曲，光想就知道不簡單。我能做到嗎？其實昨天有稍微嘗試一下，但還是沒辦法寫出完整的樣子。只寫出開頭的部分，幾個樂句而已……」
我邊聽邊點頭如搗蒜，回應小鶯：「啊啊，我懂。雖然腦中浮現很多靈感，但不知道怎麼統整成一個完整的作品。」
「對，就是這樣。」
「嗯！真不錯！聽妳們這樣聊作曲。」
小珠聽我們講話時的神情看起來很高興。然後露出靈光乍現的表情。
「好，那我們就來玩那個吧。」
「哪個？」
「我有一個壓箱寶遊戲，可以讓妳們更容易上手喔。」

～～*～*～*～*～*

小珠說去她家比較適合玩那個遊戲，於是我們便轉移陣地。學校離家裡不遠真好。因為這個原因，放學後去小珠家玩好像變成我日常生活裡的一部分了。

「彩葉，這台給妳用。」

「給我用？」

「鶯，妳用這台。妳會用『Finale』吧？」

「會……給我用嗎？」

我們在小珠的房間。小珠背對著書桌坐在椅子上，分別遞給我們一台筆記型電腦。一台極薄，一台有點厚度。小珠有好多台電腦呢。小鶯的還多了一個小鍵盤。

「那兩台電腦就借給妳們。」

「可以嗎？」

「珠美學姊，真的可以嗎？」

「那兩台我現在都沒在用了，型號雖有點舊，但用來作曲絕對沒問題。而且，我想買新的想好久了。」

「不愧是有版稅收入的高中生……」

「嗯，不用客氣，儘管拿去用，但只是借給妳們喔。」

「那，我就不客氣了。」

「謝謝珠美學姊。」

小珠一個人就擁有這麼多台電腦，消費實力堪比大人呢。算起來可以買幾款遊戲了耶。

「彩葉，妳只要接上那個肩背式鍵盤，就可以當成 MIDI 鍵盤使用，應該不用小鍵盤吧？」

「啊，嗯。」

「好，這樣一來，器材都齊全了。」

我們把筆記型電腦放到矮桌上，開啟電源，再把鍵盤放到大腿上。看來，今天是要三個人一起作曲。

「我今天要帶妳們玩一種名叫『Jingle Game』的遊戲。」

「Jingle Bell？」

「Game 啦。Jingle 指的是……對耶，Jingle 是什麼意思，妳們不知道對吧？」

「嗯。我只知道 Jingle Bell。話說回來，Jingle 是什麼？」

「Jingle 啊，舉例來說就是指這種東西。」

小珠一邊回答，一邊用電腦播放檔案。

「Du・DuRe・Du，Du — Du — Du — ♪DuDuRe，Du・DuKeDu —，Du・DuKe，Du・Du・Du —♪」

「這……這個！好熟悉的音樂!?我一定聽過!?」

「嘿嘿……」

「我知道了！這是麵包超人換新的頭時的音效!?」

「沒錯。這叫作『精神百倍！麵包超人！』的 Jingle。」

「原來如此，這種東西就叫作 Jingle 嗎?有點像配樂耶?」

「嗯。**說到 Jingle、配樂、音效三者的差別，可以說配樂是由好幾個樂句組成的旋律，Jingle 則是只有一個樂句的短旋律，而音效是幾乎沒有旋律的聲音。**Jingle Game 顧名思義就是寫 Jingle 的遊戲。」

「哦，原來如此。這也算是作曲啊?」

「當然。儘管只有一個樂句，也是編寫旋律啊。好比說剛才那個『精神百倍！麵包超人！』，有種很振奮人心的感覺吧?」

「的確有湧出力量的感覺呢。」

「其他像『哆啦A夢掏出祕密道具時的短音樂』或『瑪利歐死亡時的短音樂』，這些也都是 Jingle。」

「我懂了。」

「知道Jingle是什麼之後……嘿咻！好久沒用這個了。」

小珠從抽屜拿出兩本單字本。然後，取下固定用的金屬環。

「我們來玩遊戲。先抽籤決定條件，再根據抽到的條件來創作Jingle。」

～～*～*～*～*～*

「哦……還有這種遊戲啊。」

「妳們一人抽一張。」

「嗯。」

我和小鶯從A和B兩堆紙卡中各抽了一張。然後由我唸出紙卡的內容。

「B紙卡上寫了『勇猛的』，A紙卡則是『敗北』。」

「喔喔，抽到很正統的組合，這很適合作為熱身題呢。來吧，我們開始吧！」

「要開始了嗎？」

「當然。思考五分鐘之後，就開始寫吧！計時，開始！」

「咦咦!?」

小珠不容反抗地喊出開始的信號，三人便立刻認真思考起來。「勇猛的敗北」的Jingle……應該是那種情況吧?譬如遊戲裡對戰輸了，或者是角色死掉時的那種情境吧?應該是什麼樣的感覺呢?是不是像奇幻風格的RPG遊戲?如果是的話，我覺得會有一種「咚——」的感覺……先響起怎麼樣的旋律再發出「咚——」的一聲呢?還是一開始就先「咚——」呢?嗯……兩者好像都可以?勇猛的敗北……要用哪一類樂器比較好呢?只有鋼琴的話，感覺魄力不太夠吧。管弦樂的樂器呢?對了，那個樂器叫作什麼?還是用大提琴轟轟轟地彈奏低音呢?會是我要的感覺嗎?旋律音也要悲傷一點比較好吧。這樣的話……這裡用鋼琴，噹啷地彈奏出有點寂寥的音說不定更好?不對，但要有勇猛的感覺，還是用小喇叭才對，或打擊樂器呢?

嗶嗶嗶嗶嗶嗶嗶嗶嗶!

「時間到!來寫 Jingle 吧!」

「唔哇!」

「已經過五分鐘了嗎!?」

「來!創作時間是十五分鐘!把剛才的想法放膽寫出來!開始!」

在強大的約束力下，我們立刻著手創作。時間只有十五分鐘。十五分鐘!?這麼短的時間能做什麼?說不定選完音色就結束了。啊!原來如此，所以剛才才給五分鐘的思考時間。我想

【Jingle Game】的玩法

○事先準備的物品

- 抽牌用紙卡 A（上面寫 Jingle 的用途）
- 抽牌用紙卡 B（上面寫形容詞）
- 每人一組作曲工具（電腦、鍵盤和耳機）

○規則

- 從抽牌用紙卡 A 和 B 中各抽一張，決定 Jingle 的種類和形容詞（作曲題材）。
- 曲子長度在 3 秒到 10 秒之間（小節數會依速度而變，故不限）。
- 使用的音色和軌數可不限制，或參與者一起決定範圍。
- 思考時間 5 分鐘。
- 在 15 分鐘內完成一個 Jingle。

○勝敗

- 基本上沒有輸贏。逐一聆聽參與者的 Jingle，感受別人的想法，再抽出下一道作曲題材。

內容範例

紙卡 A

勝利　敗北
平手　機會
危機　同時間
開始　結束
增強　減弱

紙卡 B

中世紀歐洲風
日本風　中國風
宇宙風　鄉村風
未來風格　原始時代風格
可愛到爆　紳士的　開黃腔的
搞笑的　令人感動的　無精打采的
魔法般的　科學的　墜入愛河的
華麗的　很遜的
驚人出色的　無以名狀的

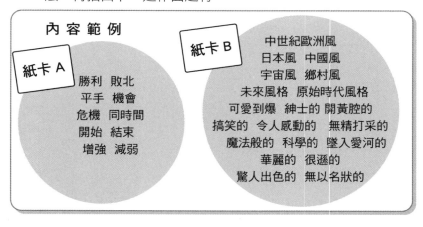

想……總之旋律就選鋼琴和小喇叭，低音用大提琴之類的聲響，打擊樂器負責「咚！」的一聲。我記得有這種音色啊。啊！和聲該怎麼辦⁉要不……和聲也用大提琴吧！

我腦中對於「勇猛的敗北」已經有大致的想像。不過實際用聲音把那個想像表現出來，到底該長什麼樣？……雖然有點感覺，可是……

「兩位請記得即興作曲的要領喔。」

「『！』」

小珠看到小鶯跟我不知所措的模樣，給出了一道提示。喔！原來如此。總之沒時間了，先試試看敗北的哀愁感吧！然後，我嘗試彈出音。配著好像有點悲傷的伴奏，右手憑感覺彈出旋律。那瞬間……

（剛剛那一句好像很不錯！）

我隨意彈了幾個不同的樂句，突然間出現了「就是這個！」的瞬間。我趁還記得旋律時，趕緊輸進電腦裡。……對了，把旋律記錄下來的方法是之前抓歌時小珠教我的，小鶯會不會不熟？這樣不公平……

「咦？小鶯，妳那個視窗是什麼？」

「……咦？怎麼了嗎？」

「沒事，只是原來還可以這樣做啊。抱歉，不要理我！」

我瞄了一眼小鶯的電腦螢幕，上面是我從未見過的『樂譜視窗』。是叫作Finale嗎？應該是她國中時就一直使用的軟體吧…………等等，趨於劣勢的人反倒是我嗎!?這下糟了！

不行、不行，不能分心，時間轉眼就過去了！就用剛才那個感覺很不錯的伴奏和旋律吧。把它們輸進電腦……這樣、然後這樣……很好！再來是……先做一個轟轟轟作響、有魄力的聲響。就用打擊樂器吧，但我不曉得樂器名稱，怎麼辦？聲音超級低沉，音色很像大太鼓……到底是哪個呢？對了！找「Orchestra Kit」！印象中這裡面有各種打擊樂器，有了！有了！咚咚咚的聲響！剩下……六分鐘!?已經過了這麼久了嗎!?咦咦咦!?冷靜……貝斯的聲音用類似大提琴的音色。先聽看看，嗯……哦？出乎意料還不錯？接下來要做什麼呢？對了，加點和聲。用類似大提琴的音色，但再高一點的聲音……啊，有種讓人不太舒服的奇妙感覺。雖然不曉得這樣配對不對，但聽起來還不錯。很好、很好！再用打擊樂器加點東西，應該很酷吧？這個音色叫什麼？銅鈸？加點類似銅鈸的聲音。

嗶嗶嗶嗶嗶嗶嗶嗶！

「時間到——————！都停手吧！」

「唔哇——我還想加東西耶！」

「時間過太快了……」

我整個人累到虛脫倒下。小鶯大大舒口氣，像是終於從緊張情緒中釋放般，將背靠在小珠的床。

「那我們馬上來聽看看吧。Jingle的主題是『勇猛的敗北』。彩葉，妳先來。」

「這次我很有信心喔。呵呵呵。」

在這麼短的時間內做到這樣算很好了吧？我竟然能在十五分鐘內完成。播放！

「……喔喔，很不錯耶，彩葉。」

「好酷喔。」

「太棒了！印象中遊戲輸了時的聲音應該是這樣吧！」

「真厲害。不愧是彩葉學姊！」

「沒有啦，真不好意思，沒什麼了不起啦。」

希望小珠可以多稱讚幾句呢！再多！更多！

「接下來是鶯的作品。就算沒有做得很好也不用在意喔。播放出來吧。」

「好。」

小鶯的聲音很篤定，令我訝異地在心裡「哦？」了一聲。

「喔喔，很厲害耶，鶯，這已經是簡易的伴奏了吧。」

「唔哇哇——」

小鶯的作品就像是管弦樂演奏的一個樂句，非常有張力，而且才短短一句就很完整了，她的「勇猛的敗北」很像遊戲會出現的音樂。實在令人驚豔！

「很、很厲害耶，小鶯。」

「啊，不過，我感覺這個樂句和以前吹過的曲子有點像……」

「就算是這樣，可以在這麼短的時間內重現一個樂句也很厲害了。我已經看到妳的潛力……」

原來如此。小鶯以前常聽這種音樂……

「兩位聽我說。重點不是要分出高下，因為創作這件事本來就無法論輸贏。實際玩一遍之後感覺怎麼樣？」

「我的天，小珠！這個超級燒腦耶，但沒想到還真的做出來了。」

「我也是……心裡其實覺得不太可能完成……要是沒有先玩過即興作曲，我一定沒辦法。」

「但完成了吧？」

「『？』」

小珠說話時，露出一臉「這就是重點所在」的表情。

「對初學者來說，完成一首曲很不容易對吧？因為曲子有結構，所以普遍會覺得要把所有想法收斂成一首完整的曲很困難。不過，如果只有一個樂句，應該就做得到。」

「真的耶，只有一句的話，似乎容易許多。」

「不只是作曲，應該說任何形式的創作都是，提升實力的方法就是想盡辦法『把它完成』。畫完一張插圖、一部短篇漫畫、或寫完短篇小說的一個章節，一點一點地累積成大量的『微型成品』，就能獲得許多經驗。反過來說，就算構想了一個超級曠世巨作，卻不努力完成，也就沒有辦法累積經驗。『把它完成』是最能快速獲取經驗的方法。」

「原來如此，我懂了。可是，Jingle 不會太短嗎？」

「把好幾個小成品組合起來，就能變成一首曲。現在先盡情品嘗完成的成就感。要再玩一局嗎？」

「咦？」

「現在嗎!?學姊……」

「多玩幾次嘛！來，抽卡吧，鶯！」

在小珠強勢的態度下，我們面面相覷。小鶯抽了一張卡……

「我看看……是『墜入愛河的』、『機會』……？」

「墜入愛河？」

「啊，對耶，裡面還放了這類卡。」

小珠的反應像是在說「這可不容易喔」。墜入愛河是什麼樣的狀態呢？但困惑的不只我，小鶯也是。

「用『墜入愛河的機會』來寫 Jingle 嗎？」
「墜入愛河!?哪種墜入愛河!?」
「彩葉，那妳覺得是哪種？」
「我想想……墜入愛河……感覺應該是讓人臉紅心跳吧？」

「計時，開始！」
「什麼!?」
「咦咦咦!?」
「好了，不趕快想，時間就一分一秒過去了！」

第二場 Jingle Game 的題目比剛才難，這種情況會有聲音嗎？不過，在戀愛模擬遊戲或動畫作品裡，好像有聽過類似的聲音。可能類似沙啦啦啷♪，或是嘩啦嘩啦啷♪之類的聲音？充滿浪漫氣氛的機會？機會又是指什麼？接近心儀對象嗎？這個 Jingle 應該長怎樣啦!?

～～*～*～*～*

「呵。今天就到這裡好了。」

「我的天……今天真的有種功力大增的感覺。」

「我快虛脫了……」

後來我們除了「墜入愛河的機會」，又做了「魔法般的勝利」、「搞笑的危機」、「令人感動的平手」和「驚艷的增強」。

「最後那個驚艷實在有夠難耶。」

「彩葉學姊，我不太清楚驚艷怎麼表現……」

「我也是。話說……這些題目太奇怪了吧？」

「啊哈哈！那個呀，其實是我跟老師半開玩笑製作的紙卡。若都是好懂的題目也很無聊吧？」

「也是啦，像是『墜入愛河的機會』，我跟小鶯做出來的東西就截然不同。」

「對，真的很有趣。」

「**原本作曲的功用就是把那些難以用文字、曖昧模糊的感受化為音符表達出來。**熟悉 Jingle Game 之後，就可以增加更多紙卡題目了。」

「小珠，妳是從什麼時候開始玩這個遊戲？」

「我記得是第一次去老師家的時候。……我想想，三年多以前吧？不過很久沒有玩了。」

「原來如此……」

小珠和她的老師會玩這個遊戲呀。難怪進步神速。

「不過，妳們不覺得很令人驚訝嗎？光是今天，妳們就做了六個 Jingle。六個耶！」

「……好像是喔。」

「對耶。而且我好像已經習慣這種方式了。」

「小鶯，我也是耶。」

「總之呢，妳們一口氣完成六個 Jingle，真的很厲害喔。這種作曲遊戲的好處就是可以和朋友一起玩，激發潛力！」

儘管我跟小鶯走出小珠家時都已經耗盡能量，精疲力竭，但很有成就感，很充實。走在前往車站的路上，我們一直在聊 Jingle Game，彼此分享發想過程中的各種想法，和玩 Jingle 的感想。

今天就到此為止！

第八話

轉調和五度圈

すいません
わたしのために
あの日から、まるで世界の色が変わったみたいで、
ました。いまは、もしかしたら、わたしも楽しいことが見つか
んじゃないかと思っています。いろは先輩は作曲部の先輩で
にとっては人生の先輩です。あんまり役には立たな
ります。

昨天回家時，小鶯給了我一封信。可愛的信紙上是可愛的字跡，很符合小鶯的風格。看完信，我放下心來。我終於能夠確定，小鶯煩惱的事果然跟我的猜想沒有差太多。

「……小鶯，我收到了喔！其實妳可以好好地傳達自己的感受嘛。」

早上，換好制服後，我又躺回床上，再讀一遍小鶯的信。字裡行間透露出一絲我沒看過的小鶯。信真是不可思議的媒介呢。

「『簡直像世界的色彩轉變了一樣』……嗎？」我一邊咀嚼這句話，一邊陷入回憶。我的第一首曲子就是在小珠家一起完成，我們挑燈夜戰至隔天清晨。雖然一宿未眠，但精神依然很好。朝陽映照在雪地上，閃閃發亮，漂亮極了。彷彿從那刻起，我的世界再也不同了。那種感覺深深觸動我，讓我有股很想大叫的衝動。

「不過，現在才正要開始呢。中庭表演要彈什麼曲子呢？」

我隨手寫下對LIVE的想像，青春計畫的頁數又增加了。

不模仿任何人，而是充滿我們本色風格的演出！

＊～＊～＊～＊～＊～＊～＊

「妳曲子寫好了!?」

「對。不過只是先完成一個雛型而已啦。」

放學後，一樣在三年二班的教室。小鶯有些興奮地這樣說，令我們大吃一驚。

「我要放嘍。」

從手機傳來小鶯的曲。聽起來是首節奏徐緩、富有情感，且帶有管弦樂風格的曲子。從幾個樂器開始，慢慢疊加上豐富的音色，然後愈來愈盛大。和聲宛如細心編織而成、觸感舒適的毛毯一樣柔和，突然間像要留白似地戛然而止，讓人感受到靜謐的呼吸聲。彷彿是沉睡時的鼾息，也像是搖籃曲般輕柔的聲響，然後能量又慢慢堆疊起來，迎向一個不會太過強烈的結尾，悄然作結。

「……唔哇！妳是天才吧，小鶯……」

「喔喔──第一次作曲就有這樣的表現，很厲害喔！」

我和小珠不由自主地驚嘆。那首曲就像是小鶯把自己的潛力毫無保留地發揮出來，也像是原本無處宣洩堵在心裡的情感，終於找到了出口。

「啊……沒有妳們說得這麼厲害啦，我有參考一首管樂曲〈Romanesque〉。」

「無所謂，還是很厲害。小鶯，這首曲很有妳的感覺。」

「沒錯。何況聽起來像〈Romanesque〉嗎?老實說，也不是那麼像。」

「……真的嗎？」

「這樣已經很厲害了。應該說，鶯，妳的完成度很高耶。」

確實如此。我的第一首曲子還是小珠從旁協助，好不容易才寫完。小鶯能獨自完成，真的很厲害。

「彩葉學姊教我音階，珠美學姊也教我即興作曲，還有昨天玩的 Jingle Game……玩過幾輪之後漸漸地大概知道可以怎麼寫了，所以回家後就試著作曲了。」

小鶯看起來很高興。雖然從態度或表情上都沒有表露出來，但昨天晚上，小鶯大概是遇見了「那個神奇的瞬間」吧。這首曲讓人感受到一股生命誕生之初的能量。

「話說，妳是怎麼處理貝斯跟和聲呢?應該還不知道風格重組吧?」

「風格重組?對，我不知道。不過我是看管樂譜學習低音跟和聲。〈Romanesque〉是我很喜歡的曲子，家裡有指揮用的總譜影本。」

雖然聽不太懂，但……原來如此。

「原來如此！難怪了！鶯的作法很學院派喔。」

「很奇怪嗎？」

「不會。這是古時就有的正統作法喔。**作曲的方法很多，只要能寫出曲子，想怎麼做都可以。**」

「珠美學姊都這樣說了，我就放心了。……不過，有幾個地方，還是做不出我想要的感覺……」

「？」

「我想讓曲子中間，……曲子的調性有一個更清楚的轉變，但不知道該怎麼做。看樂譜發現好像要換到另一個調。」

「妳是說轉調嗎？」

「啊，對。」

轉調……是什麼？

「看來已經到了需要講轉調的時候啦。」

……我的擔憂全都寫在臉上，被小珠察覺了，於是她投來「我馬上說明，別擔心」的目光。

「轉調是指在樂曲中換到另一個調。透過轉調可以達到的主要效果就是『畫風轉變』。」

「『！』」

我和小鶯聽見那個關鍵字，下意識看向彼此。畫風轉變的技巧……？

「**作法大致上分為三種情況。一是『昭告天下的轉調』，二是『悄無聲息的轉調』，三是『炒熱氣氛的轉調』。**我來簡單說明一下。其中最單純好懂的應該是『炒熱氣氛的轉調』。」

小珠這樣說後，看向天花板沉思了幾秒。

「對彩葉來說比較好懂的例子，應該是吉卜力的《平成狸合戰》的片尾曲〈總是會有夥伴在〉（いつでも誰かが）這首歌吧。」

「『總是～會有～夥伴～在～♪』是這樣唱對吧？我很喜歡！」

「其實，第三遍的副歌處，音升高了喔。」

「嗯，好像是這樣耶。」

「這個就是『炒熱氣氛的轉調』。作法簡單，就是把調升高，呈現出『畫風變熱鬧』的感覺。具體來說，它的調從F升到G。這是轉調中最單純，效果顯著的作法。因為只是把所有樂器都升高而已，沒什麼困難的地方。」

「在印象中有股煥然一新，迎向大團圓的感覺。……啊啊，我也想寫出那樣的曲。」

我不管在家或搭車都會聽吉卜力音樂，已經聽過好幾百遍，特別喜歡那首歌。原來如此……最後升高是使用炒熱氣氛的轉調啊。

「有名的例子還有宇多田光的〈First Love〉。**炒熱氣氛的轉調有升高半音，也有像《平成狸合戰》一樣升高一個全音（兩個半音），只要是精心營造『炒熱氣氛』，那就是『炒熱氣氛的轉調』。**」

「珠美學姊……那個《歌劇魅影》的〈The Phantom of the Opera〉最後一連升了好幾次調，也是『炒熱氣氛的轉調』嗎？」

「喔——沒錯沒錯！歌劇魅影的那一段正是把『炒熱氣氛的轉調』發揮到淋漓盡致的例子！驚，如果想用『炒熱氣氛的轉調』，用歌劇魅影那種暴力應用法也完全沒問題喔。聲音雖然明顯過於激進，但實際聽起來有種震撼人心的魄力呢。」

……雖然沒聽過她們說的那首歌，但還有這種情況啊。音樂劇……歌劇魅影……名字聽起來好酷。

「接下來是『昭告天下的轉調』和『悄無聲息的轉調』。這兩種跟炒熱氣氛的轉調邏輯不太一樣，跟『近系調』有關。」

「近系調……我有聽過……但還搞不太清楚……」

Circle of Fifth

五度圈

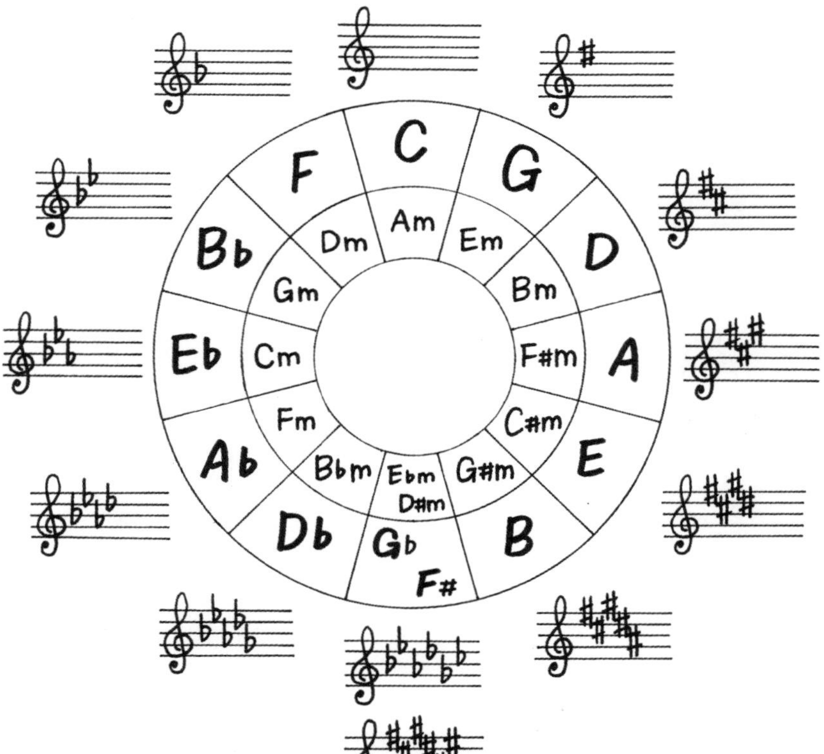

「啊——近系調嗎……」我故作鎮靜的樣子，其實連聽都沒聽過！

「我們來複習一下調，也就是Key。**近系調是指位於原調附近、感情要好的調。轉調（換）到近系調，就稱為『近系調轉調』**。」

「有感情要好的調？」

「大致上啦。特別是流行樂，可以說不存在『無法轉過去調的調』，而且還有『容易轉過去的調』。看來終於到了要給妳們看這玩意兒的時候了。」

小珠說完，就從包包裡拿出一疊像是樂譜的東西（她包包裡居然還放了樂譜），從中抽出一張有點皺巴巴的紙。

「妳們看一下這個。」

上面畫著一個圓形的圖案，長得有點像指南針，不知道是作什麼用的刻度盤。

「這是什麼東西，好像魔法陣……？」

「有點像時鐘耶……？不，更像星盤……？」

「鶯，妳也不曉得嗎？也是，沒寫過曲或沒玩過即興演奏，可能對這張圖很陌生。這個是『Circle of fifths』，中文叫作『五度圈』，這張圖整理出了調和調之間的相互關係。」

喔喔……這東西……聽起來很厲害耶。Circle of fifths……是什麼玩意兒？

「首先，我來說明一下最簡單的看圖方式。比方說『C』的內側寫的『Am』，就代表C大調相對應的調是A小調。」

「小珠，就是上次妳在樂器行彈的憂愁版龍貓嗎？」

「沒錯。〈My Neighbor Totoro〉原本是F調，所以要改彈成憂愁版（小調版）龍貓的話，就用F內側的D小調。因為是憂愁的D，所以寫成Dm（minor）。」

「喔喔喔！也就是說，全都整理到這張圖了，對吧!?這不是太方便了嗎!?」

「光是這個用途就已經很方便了吧，但還不只如此。」

「……」

小鶯和我再次仔細看向這個圓盤。

「這個圓的外側畫了高音譜記號的五線譜吧？換句話說，只要看這個，就知道怎麼把每一個調畫到樂譜上。以C調為例，因為這個調沒有用到任何一個黑鍵，就不會畫♯或♭。如果是F調，因為用到了一個黑鍵，因此會有一個♭。」

「啊，小珠，抱歉。這個b和#是什麼意思啊？」

「看清楚那個不是小寫b喔，而是降記號。也不是井字號，是升記號。」

「唔，喔。啊，啊啊！對對，我開玩笑啦！」

降記號就是這個跟小寫b很像的東西。啊啊，不知道就不知道又沒關係，但我為什麼還要撒謊？她們投來的體貼眼神真叫人難受……

「♭和♯就是使用黑鍵時必須加上的記號。比方說C右邊的那個黑鍵，因為比C高了半音，所以寫成C♯。它同時也比D低了半個音，所以有時寫成D♭。這兩種寫法都正確。只要記住♯代表升，♭代表降，就不會搞錯了。」

「喔喔，我剛才就猜到大概是這樣，果然沒錯呢。」

「然後來講一下樂譜。樂譜的高音譜記號旁邊畫的升或降記號，是用於表示『這個調裡面需要升高或降低的音符』，一般稱為調號。若有這個記號就說明『該曲是會用到黑鍵的調，所以這條線上或這一格的音符全都要加上♭或♯』。不這樣標示出來的話，那麼用C以外的調寫成的樂譜上，每次遇到黑鍵時就必須寫出♭或♯才行。所以，這樣規定也是便於視譜。」

「哈哈，樂譜上的這個記號是這個用意啊。」

「比方說，E調有四個♯對吧？這代表E調會用到四個黑鍵。」

「喔喔喔！是這個意思呀!?原來如此！這樣就能初步判斷是十二個調中的哪個調，好方便喔！」

……令人莫名有點感動。我之前是把十二個調硬背下來，知道這個規則之後，只要看這個調號上有幾個升或降記號，就能快速大致判斷了，沒錯吧？

「這部分稍微偏向樂理了。彩葉以前搞不清楚的東西，現在應該有比較清楚了吧？」

「嗯。原本以為我可能一輩子都沒辦法搞清楚了。」

「懂了之後就很簡單吧，應該說，很方便對不對？♭和♯的說明就先講到這裡，妳們再看一下五度圈的圖。這些調排成圓形的順序，不覺得裡面有某種規則嗎？」

「『？』」

我看著圖思索。CGDAEB……咦？到底是怎麼樣的順序？不過，這個順序裡一定存在著某種規則吧？

「要再想一下嗎？」

「嗯。」

「鶯，妳看出來了嗎？」

「沒……再給我一點時間。」

規則、規則……不行，愈看愈像披薩，又像射飛鏢的輪盤。……這個順序裡面存在著某種模式吧？嗯——，啊！以跳過一個字母的方式依序排列嗎？但好像又不是這樣……

「是不是……對面的兩個調，♯和♭的數量加起來一定是六？」
「喔喔，對耶。不過跟這個沒什麼關係喔。」
「這樣呀……」
小鶯的觀察真敏銳，居然注意到這麼細的地方。我啊，剛才還在想六點鐘方向的那個譜裡的♯，看起來好像一堆憤怒符號呢。是說，好像只有這格是擠了兩個字母？啊，等等？剛才小珠有說C♯和D♭是一樣吧？該不會這兩個字母被放在同一格也是這個意思？
「差不多該來公布答案，還有說明這張圖真正厲害之處了。」
「乍看之下，裡面不像有什麼規則耶……」
「我看不出來……」

然後，小珠伸手指向圖外側的樂譜。
「C的樂譜上沒有♭也沒有♯。然後，無論是順時針或逆時針，愈往前，♭或♯的數量就愈多。這個排序就是依據『調的♭或♯的數量』。」
「喔喔，真的耶。」
「從理論來解釋的話，從C到G，再從G到D，是以鍵盤上『五度』的間隔按順時針方向排列下去。因為是以五度為基準的圓，所以叫作Circle of fifths。其實，其中還包含了各種音響學上的原因。」

「六點鐘方向的那格是怎麼一回事呢？」

「喔喔，G♭和F♯是同樣的意思，所以兩個都寫出來了。可以用G♭，也可以用F♯表示。」

「哦，原來如此。所以我才會覺得奇怪，怎麼沒按照字母的排列順序啊。」

我猜對了！太棒了！

「這個圓盤顯示出『各個調之間的要好程度』。」

「是剛才說的那些吧？」

「比方說，假設彩葉的曲是C調。C兩旁是其他調，對吧？」

「對，是F和G吧？」

「那兩個調和C的感情最要好，可以說是親近程度相當於家人的調。」

「哦！」

「證據就是不管F或G，升降記號的數量和C都只差了一個，沒錯吧？」

「嗯，對耶。」

「這兩個調和C調幾乎是由相同的音組成，不同的只有各自用到黑鍵的那個音而已。」

「喔喔——真的耶！」

「所以啊，**從C調轉調到F調或G調，聽起來都非常順喔，畢竟用到的音幾乎一樣。**」

「原來如此！就這麼簡單嗎？」

「就是這麼簡單。然後，**既然是轉調，畫風當然也會隨之改變。但不是激烈的變化，轉變較為溫和，若以顏色比喻，大概像是黃色變成橘色。**」

「反過來說，**如果是從C變成超級遠的G♭、B或D♭的話，就能清楚感受到『變了！』**？」

「大致上沒錯。按照這個邏輯來說，**因為D♭和C♯是同一個音，所以從C升高到C♯的『炒熱氣氛的轉調』，其實轉變會很強烈，有如昭告天下般明顯喔。**」

「唔喔喔……原來是這麼一回事啊……」

我好像有點懂這張圖的用途了。看圖可以知道調和調之間要好的程度……

「從上面愈往下走，差異也愈大，也就是說調和調之間的類似程度愈低。到這裡都很單純吧？不過，有一個調的關係比較特別一點。那就是從C來看E♭的關係。妳們知道特別在哪裡嗎？」

「這個嘛？嗯……」

從位置上來看，剛好落在上和下的中間呢。差不多在九點鐘的方向。

「……從最遠的調來看，剛好落在一半的位置嗎？」

喔，小鶯的想法跟我一樣耶。

「對。不過還有一個地方，就是它的小調裡寫了『C』。」

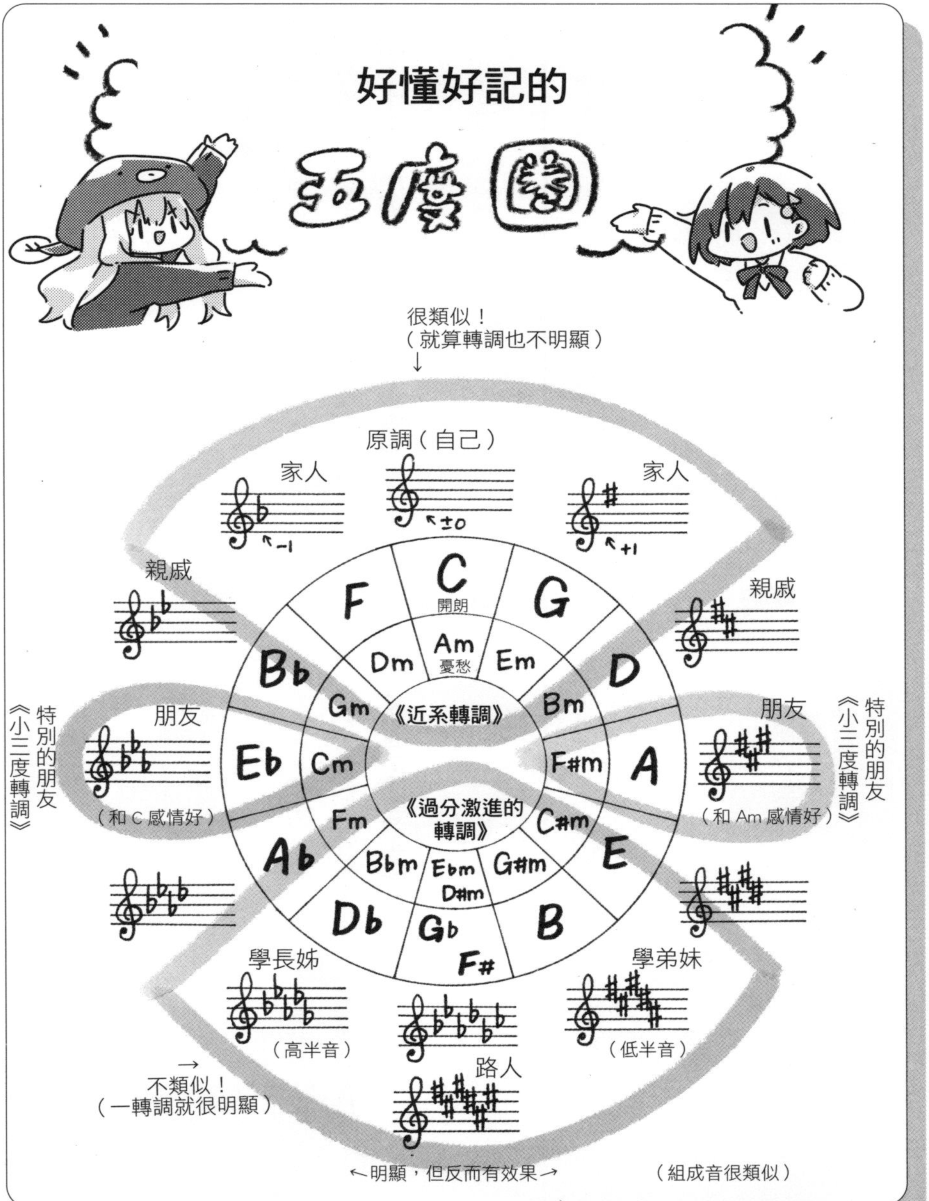

好懂好記的
五度圈
很類似！
（就算轉調也不明顯）
原調（自己）
家人
家人
±0
−1
+1
親戚
親戚
朋友
朋友
特別的朋友
《小三度轉調》
特別的朋友
《小三度轉調》
（和 C 感情好）
（和 Am 感情好）
C
開朗
G
D
A
E
B
Gb
F#
Db
Ab
Eb
Bb
F
Am
憂愁
Em
Bm
F#m
C#m
G#m
Ebm
D#m
Bbm
Fm
Cm
Gm
Dm
《近系轉調》
《過分激進的轉調》
學長姊
學弟妹
（高半音）
（低半音）
路人
不類似！
（一轉調就很明顯）
明顯，但反而有效果
（組成音很類似）

「啊，真的是耶。」

「照這樣來看，C的Am裡面也有『A』耶。」

「很好，鶯，妳注意到這點了。沒錯，就因為這個緣故，C和E♭或和A的關係特別好，類似於『好朋友』的關係。」

「好朋友？」

「雖然按的鍵很不一樣，但卻有莫名的相似感，叫人很在意。用專有名詞來說，這個關係也可以稱作『轉調到小三度』。**像這樣不會太遠也不會太近，儘管相似但其實不同，有時要好有時吵架，十分了解彼此的內外在，這種絕妙的關係，就稱為『小三度』的距離。**」

「原來是這麼一回事……」

「喔喔喔……」

「現在，妳們應該能大概掌握如何使用這張圖了，下面重點來了，『轉調到底要怎麼樣做才好呢？』」

「喔喔，這個很重要。」

「我的答案是『隨妳高興』。」

「『!?』」

小珠一路鋪陳到這裡，卻說了一句很隨便的結論。哎呀，這個……

「可是，小鶯就是做不到，才會問妳該怎麼做啊……？」

「嗯。」

小珠似乎早就預料到我們的反應，稍微停頓了一下，接著不慌不忙地繼續說明。

「比方說，**很多書裡講到和弦進行時，都會舉出運用轉調的經典模組，像是『基準調【Ⅰ】↓【Ⅳ】↓轉調【Ⅱ】↓【Ⅴ】↓【Ⅰ】』。但是，我不建議妳們背公式。因為『情感的流動有無限種可能』。**」

小珠講話的語氣突然前所未有的慎重。

「**我講的僅限於我的經驗，也有人抱持不同看法。但我和我認識的音樂人當中，沒有人是倚靠這些模組來作曲。這類轉調模組或和弦進行，是要告訴世人『在分析許多各類歌曲之下，發現這種編排的比例特別多』的結論，看作是統計歸納出的結果即可，即使套用多半也沒辦法表現出我、彩葉或鶯『獨一無二的心情』。**」

「『……』」

「**把轉調當成目的，這樣的想法根本搞錯方向了。『轉調是情緒流動導致的必然結果』，這才是使用轉調的理由，不適合套模組。**」

我大概懂她話中的含意。可是，怎麼使用轉調還是很難，深怕自己不能駕馭。

「話雖如此，但轉調還是有一些類似基本理論的邏輯。比方說，『把擁有轉調後的V級和弦組成音的和弦當作橋梁，然後利用V→I的引力』，或者是『把兩個調都有的自然和弦當作通道』，又或者『沒有任何預告突然轉變』等，方法不勝枚舉，**但不管在什麼情況下，最重要的都是『作法要符合這首曲想傳達的東西』。如果為了符合理論而在作曲上妥協，那作品呈現出來的就不是彩葉或鶯的心情，而是別人早就完成的、現成的情感流動。**」

「嗯。我完全懂妳的意思了。只是，我還是覺得轉調很難。我想小鶯應該也是？」

「我沒關係。」

「……？」

「**曲這種東西，必須實際動手寫才行。比方說，以我所看見的世界轉變了為主題。一開始先選定一個調，到副歌時再換成別的調。這兩個世界該怎麼連接比較好，就得透過不斷嘗試，從中找出自己想要的作法。就算奇怪也沒關係，也沒有規定非要符合樂理不可。反正連接兩個世界的方法很多種，每次的想法可能都不一樣。**」

「……妳的意思是不是就像之前說過的『樂理要等實際做之後才會理解』？」

「沒錯。**不要依賴固有作法，正因為妳們現在不懂樂理，才能不受框架，找尋自己獨特的風格。妳們可能會感覺在繞遠路，但有些東西得繞遠路才能獲得。**轉調需要的基本知識已經講完了。可以先轉到相鄰的調試試看，這樣就能大概了解轉調到其他調的作法。」

～～*～*～*～*～*

那天夜裡，因為好久沒這樣一口氣接收爆量資訊，我感到有些疲憊。洗完澡後，我拿著五度圈的圖（回家路上在便利商店影印一份），倒在床上。

「調居然還有關係好不好啊……」

今天學了轉調。但我還沒想過要用這種技巧，應該說，我之前根本不曉得有這種技巧。不過，轉調倒是提醒我，肯定還有很多我不知道的技巧，一想到這，內心不禁興奮了起來。

「……選擇兩側的鄰居，就不會太困難……吧？小鶯，今天這些內容都有聽懂嗎？」

「我想想……雖然有些地方還是有疑問，不過……」

「嗯。」

「我正在練習用看看。」

「!?」

我癱在床上一邊講電話，聽到小鶯這句話時反射性地坐了起來。

「……喔！」

「的確和珠美學姊說的一樣，轉調到兩側鄰居的調，感覺就沒問題。還有，炒熱氣氛的轉調好像真的不難耶。」

「小鶯好厲害。」

「……啊，沒有啦，我還不算會用了……」

我裝作若無其事地掛上小鶯的電話，然後默默地打開電腦。

說不定，我所看見的世界會在今晚轉變了。

今天就到此為止！

第九話

先有詞再作曲

「……謝謝！接下來就是最後一首歌！」

我站在周圍被四棟教室大樓圍繞的中庭裡。從這裡抬起頭看，可以三百六十度環顧各棟教室，一樓到三樓的窗戶被探出頭的同學們擠滿，看上去少說也有一百人。

我一邊調整肩背式鍵盤的效果旋鈕，一邊進行下一首歌的準備，向小珠使眼色。小珠沒有戴平常那頂玩偶帽，周圍環繞像是鼓組和鍵盤合體的神奇樂器。小鶯手中拿著像白色單簧管的樂器，和……還有，那個人是誰？啊啊，應該是小鶯的同學吧？大家此時此刻的情緒都十分高昂。

……我手握麥克風。音響中流洩出我的聲音，還有被四面建築物的牆壁反射回來的回音。

「下一首歌，充滿了我們的回憶。是社團還沒成立時寫的歌曲！請大家聆聽！歌名是——」

「……1、2、3。」

在我的號令下，響起了前奏。然後，我開口演唱。我全心投入到不知唱過多遍的旋律，用歌聲細膩地描繪出情感起伏。腦中回想起至今的大小事。

……真的發生過好多事呢。只是怎麼想不太起來了呢。

嗯……？咦？真的有發生過吧？好奇怪呀，咦咦咦？？

＊～＊～＊～＊～＊～＊～＊

醒來時才知道自己在課堂上睡著了。流滿口水的筆記本上，已經看不清楚字跡。

（原來是夢。我就知道……）

也不知道是在向誰說話，我低聲嘟噥抱怨。……不過，哎呀，剛才真是作了好夢啊！沒錯！

我就是想要夢境裡的那種表演！這個夢來的正是時候，正好讓我演練一下！

（不過我記得有種叫作預知夢的東西，要是預知夢就好了。）

我設法拉回腦中逐漸遠去的殘影，努力回想剛才的夢境。太早醒來了，除了小珠和小鶯以外，好像還有其他人。真的有「社團活動！」的樣子了。而且我們看上去超級帥氣！好想辦一場那樣的表演啊！

……

「妳剛才也睡太熟了。」

「……妳怎麼沒有叫醒我啦。不過我作了一場美夢呢。」

「不捨得叫醒妳嘛。」

緊接著是午休。我和小珠把桌子併在一塊兒，一邊吃便當一邊閒聊。

「妳剛才睡著的表情很幸福耶。」

「我作了好夢啊。小珠，妳聽我說！」

然後，我把剛才的夢境告訴小珠。

「……哦！對一心想實現青春計畫的妳來說，的確是一個再完美不過的夢。」

「真的，還是跟大家一起，我還唱歌了呢！那夢境完全就是我的理想！」

「妳還要唱喔？看來妳真的豁出去了！」

「哎呀，怎麼說呢，有主唱不是很棒嗎。不過，這樣一來就需要歌詞了吧。歌詞呀……小珠，妳知道怎麼作詞嗎？」

「喔……作詞呀。妳想作詞嗎？」

小珠停頓了一會兒，反應是從未有過的遲疑。

「嗯，很難嗎？小珠有寫過嗎？」

「嘗試過幾次，但一直很不順利。」

「居然有妳做不來的事？」

「作詞真的不容易喔。我沒辦法解釋為什麼，但就是感覺寫出來的東西不太對。沒辦法打動人心。雖然腦中有想法也有畫面，但每次寫成歌詞時就是不太順利。作詞是一種相當特殊的技能。」

「是喔。」

老實說，在開始作曲前，我抱持的想法正好相反。我以為作詞應該沒什麼難度。但就連小珠都覺得困難了，讓我開始好奇到底怎麼作詞。

「其實，偶爾會是先有詞再作曲。」

「先有詞再作曲？」

「先有詞再作曲，就是先有歌詞，再根據歌詞配上曲的情況。」

「哦！還有這種模式啊？」

「聽說以前反而多半都是先有詞呢。據我所知，現在大部分都是先有曲。不過，先有詞再譜曲很好玩喔。」

「先有歌詞，再根據歌詞配上曲呀……感覺好難喔。」

「難是難，但很有趣喔。不如就來玩玩看吧！」

「咦？怎麼玩？」

「一開始就要配一首歌的歌詞，負擔確實太重了。若是一個很短的句子，也算是先有詞再作曲。比方說，我想想……」

小珠思索時的表情看起來滿心雀躍。不一會兒，她說出了一句令人熟悉的 slogan。

「比方說，『白色貓咪 YAMATO 宅急便♪』，妳們應該有聽過吧？」

「嗯，很有名。」

「比方說像這樣，大企業先有一句廣告流行語，然後再幫那句配上曲，大概就是這種感覺。這種東西稱作『聲音商標』，形式五花八門。譬如『要～賣書～的話～就找 Book On♪』也是。彩葉，妳應該也聽過類似的吧？」

「嗯。很多電視廣告的廣告詞都有旋律呢。」

「沒錯。**其實文字裡原本就蘊含著樂句和節奏。以先有詞再作曲的情況來看，在作曲前，必須先掌握歌詞裡『早已設計好的節奏及旋律』，算是高級技巧。作曲人反倒會喜歡這種模式，因為用這種方式可以跳脫平常的習慣，寫出一些意想不到的旋律。**」

「哦！原來如此。先作詞或後作詞竟然有這麼大的不同。也就是說，不一定要先寫曲再來作詞，先作詞再作曲，也可以寫專為表演而寫的詞吧？」

「啊——，這個嘛……」

小珠一邊往哈囉貓便當裡的白飯撒上香鬆（她從上次的校外教學開始就迷上了這種風格的便當），然後語氣懇切地說道。

「沒那麼容易喔。除非是非常懂作詞，否則很難寫出來。」

「是喔？」

「嗯，至少我是這樣認為啦。」

「那小珠，妳也寫不出來嗎？」

「嗯。作詞可是高級技術。像我這種平常只作曲的人，不可能輕易寫得出來啦。」

「是喔！」

原來如此。不管是後有詞還是先有詞，對於作曲人來說都很困難呀。這樣的話……

「……欸，小珠。那就找『會寫詞的人』不就好了？」

「嗯，話是這樣沒錯。可是，那種人很少……」

「小珠，妳跟我去一個地方，我心中已有人選！」

我顧不上跟小珠說明，直接拉著她朝「某個地方」走去。我記得那個人午休時都會待在那裡。

＊～＊～＊～＊～＊～＊～＊

「喔喔，我第一次來圖書館耶！好安靜喔！很想在這裡待下來！喔喔——居然連咖啡都有！啊，要錢嗎？」

吃完午餐後。我們來圖書館找人。這個人才貌兼備，還是班級幹部，說不定可以助我們一臂之力。

「彩葉——，借我一百！」

（噓！小珠，在圖書館要保持安靜！）

「喔。」

（妳看，大家都很安靜。）

「好像是耶。」

我一邊提醒小珠別興奮過頭，一邊環顧不常來的圖書館一圈。上次來圖書館借輕小說，還有還書的時候，都有看到那個人在這裡看書，今天一定也……

「找到了！」

「？」江戶川好像是聽見我的聲音，猛然抬起頭。

她跟我是完全不同世界的人。成績優秀，頭腦聰明，一頭烏黑亮麗的長髮，戴一副看起來很有學問的眼鏡，完全符合模範生的形象。還有，她發育似乎很好。

班上同學小尚在去年的校慶，表演了一場很精采的演出，聽說就是江戶川替她們樂團「THE☆GOOD TIMING」作詞。校慶結束後，小尚發給大家演唱CD，我反覆聽過那首歌好多次，羡慕得不得了，才萌生也想來場中庭表演的念頭。

「江戶川，我們打算在中庭表演，正在找人幫忙作詞……」

「……找我嗎？」

江戶川一臉愕然地看著我們。她眨動纖長睫毛的模樣，看起來靈巧知性又聰慧。

「江戶川，妳有幫佐佐木的樂團作詞，對吧？我有聽那首歌喔！詞寫得很棒！我很喜歡！」

「沒有啦，我還有很多要學……」

江戶川相當謙遜。言行舉止沉著冷靜，給人感覺很成熟，不像高中生。

「如果有興趣，要不要跟我們一起玩音樂？希望妳可以教我們作詞。」

……啊，我會不會太厚臉皮了？畢竟她可能還有幫小尚的樂團作詞。啊，糟糕，我好像有點白目。

江戶川思索片刻，輕笑著開口。

「……那麼，山波，黑白，妳們可以教我作曲嗎？」

……真是出乎意料的請求。江戶川闔上看到一半的書，語調悠緩地回答。她的聲音很有穿透力，令人微微心動。

「妳想作曲？」

「對。不了解作曲，就沒辦法寫出好詞。我也要麻煩妳們嘍。」

不了解作曲，就沒辦法寫出好詞……？喔喔，我原本就覺得她很與眾不同，果然想法也不同凡響。令人佩服。

「太棒了！那就這樣決定了！」

「喔喔，沒想到人家一口就答應了，彩葉。事情居然這麼順利。」

「真的。話說回來，江戶川……」

「叫我悠吧。對了，之前一直沒機會和妳講話，其實有幾件事想向山波道謝。如果能趁這個機會變熟，我會很高興。」

「啊，叫我彩葉就好！……嗯？道謝？」

「啊啊，對。」

「……？」

江戶川……不，應該改口叫小悠，她輕笑出聲，有點吊人胃口呢。我到底做了什麼好事？

「在這裡不方便聊，我們換個地方好了。」

＊～＊～＊～＊～＊～＊

——就這樣，我們正從圖書館走回教室的路上。走在連接教室大樓的長廊上，我一副作曲前輩姿態跟小悠講了很多作曲的事，明明還似懂非懂（回想起來實在太丟臉了，就略過不提）。真不應該露出一臉洋洋得意相，得到一點顏色就開起染房。小珠在一旁默默不語，突然開口問道。

「對了，江戶川，妳剛才說『不了解作曲，就沒辦法寫出好詞』，對吧？為什麼呢？」

「因為啊，**如果沒有好好理解作曲想要傳達的事物，就沒辦法填詞。**」

「原來如此。所以，江戶川有在作曲？」

小珠罕見主動跟不熟的人搭話，一副好奇感興趣的樣子，顯露出平常少見的一面。該怎麼形容呢？像是一隻貓咪往第一次看到的東西湊過去嗅聞的感覺。提出的問題都相當直接深入。

「對。但我只寫過兩首歌，略懂皮毛。」
「咦？小悠，妳有在作曲嗎!?」
「還在學習階段啦。」

等一下，作曲不是隨隨便便就能做的事吧!?早說嘛！我剛才看起來就像小丑吧!?我以為她不會，才自以為了不起地大放厥詞！……啊啊，是我太小看人家了，都會作詞了，作曲多少也會一點吧。這世界太不公平了……她也太多才多藝了吧……

「啊啊，對了。妳和小尚很要好，是小尚教妳作曲嗎？」
「不是耶。尚子是憑感覺作曲那一派，不擅長教人。我是跟另外一個朋友學，差不多是每個禮拜一次。一開始是看書自學，但沒有想像中的容易。總之，我不會的東西還很多，請妳們多多指教了。」
「哦，原來如此。」
……小悠這樣說反倒讓人以為她很會作曲吧。高手通常都是這樣啊，說話謙虛，一出手就叫人目瞪口呆。
「哈哈。江戶川，妳很有心耶。沒想到同班同學裡居然有人認真在寫詞，甚至為了寫詞而學作曲。」

「還不成氣候，所以也沒辦法說自己有能力寫好詞。」

小珠把手按在嘴巴上，神情專注地打量著小悠。小珠毫不顧忌的目光對一些人來說會有壓迫感吧。我身為她的朋友，內心有點慌了。不過，小悠對關注自己的視線絲毫不為所動，反而面帶微笑地回以觀察小珠的眼神。

話說回來，小珠明明不認識小悠，但看起來沒有侷促不安？小珠內向害羞的一面到底是以什麼標準在運作？

「對了，彩葉，……該怎麼教妳們作詞呢？我還沒有厲害到可以教別人的程度，只是講我會的東西也可以嗎？」

「啊，當然也希望妳教我們作詞，不過，妳能先幫忙寫詞嗎？就是作曲用的詞。」

「作曲用的詞？」

「對。我們想嘗試先有歌詞再譜曲的方式，但沒有人會作詞。所以，可以拜託妳寫嗎？」

「……原來如此。」

小悠一邊用手指撥弄頭髮一邊思考。舉止優雅，帶有一點點女性的柔美。

「我有幫尚子的樂團寫過一次，先由我作詞，她們再譜曲。如果妳們不介意我只有一次經驗的話……」

「喔喔，江戶川，妳已經有經驗了啊。」

「嗯，但還有很多不足的地方。」

「對了，妳是用什麼方式寫呢？」

「……小珠？」

小珠的語調從剛才就隱約有點嚴肅。該怎麼說呢，給我一種「沒在跟妳開玩笑」的感覺。

「我想想看……嗯，『我會先想像一段旋律，再根據旋律來寫詞』。**畢竟作詞不是寫作文，要考慮文字的韻律，還要顧及節奏。所以，我會先隨便哼簡單的旋律，找到『我認為不錯的旋律』，再根據那個旋律來寫詞……**妳要問的是這個嗎？」

「對。我就是要問這個。很厲害耶，江戶川是自學嗎？」

「不是。作詞和作曲都是跟朋友學。」

「哦。難怪。**不考量旋律性所寫出來的歌詞，往往只是字數勉強能塞進音符，但完全不具音樂性，沒辦法感受旋律呢。**」

「真的可能會那樣耶。**畢竟是寫能演唱的詞，不是比詞藻有多麼華美。**」

「我也是這樣想。江戶川，妳是認真在寫詞呢。」

面對小珠帶有幾分壓迫感的問題，小悠都能應對自如。她好像已經習慣「這種壓力」？好似就算天塌下來，也能不為所動。她們的對話就像一場力度和速度都超乎尋常的乒乓球賽。……不過，原來如此！小悠作詞時，會先在腦海中哼旋律啊。真厲害。

「……不過，真的很難。想要什麼樣的歌詞呢？如果什麼都行，我也可以提議一些主題。彩葉，妳有想法了嗎？」

「有！有！很多呢！」

「好。妳慢慢說，我會努力寫出適合譜曲的歌詞。」

~~*~*~*~*~*

「午安，彩葉學姊，珠美學姊。……？這位是……？」

「啊，初次見面，我是她們的同學，江戶川。」

「……妳好。」

「啊啊，不好意思，小鶯，還沒跟妳提……我們邀請江戶川幫忙作詞！」

「喔？初次見面，我叫美空，請多多指教。」

和小悠談笑完，又經過下午幾堂課，終於來到放學時間。四點過後，我們聚集在教室裡進行作曲社（非正式社團）的活動。今天的主題是先有詞再作曲！然後……

「今天的主題簡單扼要，就是『創作中庭表演的曲子』。所以特地邀請小悠來協助我們。」

「作詞啊！好厲害喔。」

「沒有啦。我離專業作詞還差遠了。……對了，彩葉，中午聽妳講那些畫面後，我先寫了一點東西，妳要不要看一下？」

小悠拿出筆記本翻開一頁，上面寫了各種筆記，旁邊就是這次要用的歌詞。嗯？這本筆記本……好像在哪裡看過？

「……什麼？妳已經寫好了嗎!?咦？我中午才拜託妳，放學就已經寫好了!?效率太驚人了!?」

「就是先打草稿，我想先確定方向對不對。還有，妳們真的認為找我適合嗎？如果還有其他人選，或許找別人會更好。」

「……小悠，這是妳剛才寫的？」

「對，怎麼了嗎？」

「什麼怎麼了，太厲害了！光看就很專業！歌詞內容如何先姑且不說，但整體感覺很不錯！」

小珠一直盯著歌詞，從表情實在讀不出她的看法。當我還在猜想時，小珠開口說話了。

「原來如此，江戶川的作詞實力已經遠超出學生的程度。從結構來看，在A段點出主題，在

作曲社用 先有詞再作曲的歌詞 初稿
「歌名未定」

（A）

空白的筆記 要畫上什麼呢？
就算說 畫什麼都可以喔
但一筆畫上 就無法抹去了對吧？
既然無法重來 就必須慎重
太過苦惱 到頭來什麼都沒畫

白いノートに　何を描くの？
shi-ro-i no--to ni　nani wo ka-ku no?
なんでも描いて　いいんだって言われても
na-n-de-mo ka-i-te　i-i-n-da-tte i-wa-re-te-mo
描いたら　消せないんでしょ？
ka-i-ta-ra　ke-se-na-i-n-de-sho?
一度キリなら　慎重にやらなくちゃ
i-chi-do ki-ri na-ra　shin-chou ni ya-ra-na-ku-cha
悩んで　何も描かなかったりしてね
naya-n-de　nani mo ka-ka-na-ka-tta-ri-shi-te-ne

（B）

絆倒的腳邊
墨水灑了一地
好吧 事已至此
已經 不能再逃了
太慘了對吧 太棒了對吧
定時炸彈引爆五秒前 絕不停下來！
才不會踩下剎車喔

つまずいた　足元で
tsu-ma-zu-i-ta　ashi-moto de
イングがこぼれた
i-n-gu ga ko-bo-re-ta
さあ　こうなったら
sa-a　ko-u-na-tta-ra
もう　逃げられない
mo-u　ni-ge-ra-re-na-i
最悪だよね　最高だよね
sai-aku-da yo-ne　sai-kou-da yo-ne
時限爆弾は　5 秒前　止まらない！
ji-gen-baku-dan wa　go-byou mae　to-ma-ra-na-i ！
ブレーキは踏まないよ
bu-re—ki wa hu-ma-na-i yo

（C）

簡直像世界的色彩 轉變了一樣
塗上冒險色彩顏料 揮灑繽紛作品
我的青春計畫 下一頁就是
和妳和妳 和妳和妳
我和妳們 投注在歌曲裡的故事

まるで世界の色が　変わったみたいだね
ma-ru-de se-kai no iro ga　ka-wa-tta-mi-ta-i-da-ne
冒険色の絵の具で　colorful に仕上げて
bou-ken-iro no e no gu de　colorful ni shi-a-ge-te
次のページの　私の青春計画は
tsugi no pe—ji no　watashi no sei-shun-kei-kaku wa
君と君と　君と君と
kimi to kimi to　kimi to kimi to
君と私で　歌にこめていくストーリー
kimi to watashi de　uta ni ko-me-te-i-ku su-to—ri—

B段蓄積能量，然後在C段釋放和解決。江戶川，妳到底是何方神聖？」
「有妳說的這麼厲害？」
「從妳們的反應看起來是沒問題了。只寫這樣，感覺還玩得不太過癮，但就先用這個如何？」
「當然好！這很棒了！」
「嗯。歌詞已經有很明顯的旋律。」
「真的耶。讀字時，腦海裡會自動浮現旋律呢。」
「江戶川學姊……好厲害……」
先有詞的作詞方式果然是高級的技術。聽小珠講時還一知半解，現在是佩服到五體投地。快速瀏覽過就能自然感受到文字的韻律。要是我來寫，肯定會像是一篇普通的作文，根本無法與小悠的相提並論。不僅如此，她的語彙甚至比我本人口述的更加精準，完美捕捉到「我心底的想法」。若由我來寫的話，恐怕是想到什麼就寫什麼而已。
「好！這下子我們有一份好材料了！立刻來練習先有詞的作曲吧！」
「真的呢，這份材料很值得練習！小鶯，對吧？」
「嗯……」
看到小悠寫好的歌詞後，我頓時充滿幹勁。我們把玩 Jingle Game 時向小珠借來的筆記型電腦放到桌上，各自準備開始作曲。……但冷靜下來，才意識到好像很困難？必須寫出符合詞的旋律……

「……小珠，先有詞再作曲具體該怎麼做呢？」

「喔喔，我就知道妳會問，只是很難回答妳這個問題……」

早已打開筆記型電腦，準備齊全正打算動手作曲的小珠，忽然停下所有動作，說出她的看法。

「……先有詞再作曲的方法，其實，不用想得太難。我的意思是，如果做不到也沒關係呀。像是『這個部分好像可以這樣——』，用即興作曲的感覺來寫看看呢？」

「唔嗯嗯……」

我思考小珠的回答，可能實際做之後就會知道吧，可是心底還是很不踏實。小珠應該辦得到，可是……

「小鶯，妳OK嗎？」

「……我想先試試看再說，但很沒把握。」

「我也是……欸，小珠，可以先示範一遍嗎？」

「有這個必要嗎？」

「有、有。具體來說，妳在先有詞的情況下作曲時，腦中會思考哪些事情？什麼都可以，都講給我們聽吧。」

「嗯，我也想知道。」

「喔喔喔。好吧，就講我想到的東西對吧，那沒問題。希望能給妳們一些方向。」

「嗯，一定大有幫助，對吧？小鶯。」

「對，麻煩學姊了。」

「黑白，我也想實際看妳怎麼作曲。身為專業作曲人在先有詞的情況下，會思考哪些事情？」

「這樣呀。好吧，既然妳們都這麼說了，那就來試試看。只是把想到的事情說出來而已，總覺得有點不好意思。可能不是很有條理，請大家多包涵了！」

「好、好，我們知道了，小珠。」

「那就開始吧。我先把歌詞給我的感覺譜寫成曲。」

——一瞬間，小珠的氣場似乎不同了。若畫成漫畫，此時小珠的身體應該被一團能量包圍吧。我能感受到小珠的「某種開關」開啟了。

「……」

「小珠？」

「啊，等一下，我現在正在把歌詞的結構和氛圍輸進大腦。」

小珠一邊看著歌詞，一邊用像是出神的聲音回應。她的頭劇烈搖晃了起來，眼神也有點奇怪。

「……不過頭……兩個人嗎……斜坡……往上升的……這裡，啊啊，好耶，有押韻……喔喔，大膽……這樣的話……」

小珠喃喃自語，維持著這個狀態許久，把小型鍵盤接上筆記型電腦，立刻開始作曲。

「……那我就一邊把想到的事講出來一邊作曲喔。我要先做最低限度的四軌。旋律、貝斯、和聲跟鼓組這四軌。只用這個編制把整首曲完成。」

她照自己說的，快速地拉出四個音軌，然後分別設定旋律、貝斯、和聲跟鼓組的音色。

「……接下來，要從哪裡下手呢？還是從副歌吧。這首歌的重頭戲……就是副歌第一句吧。既然要在A段和B段蓄積能量，在C段一口氣釋放，那C段的樂句要有地方拉長音。用『あ（a）』這個母音來釋放。正好，副歌第一句的『世界（せかい）』的『か（ka）』和『色が（いろが）』的『が（ga）』，可以寫成『啊啊、啊』的節奏，讓副歌拉長音，然後在句尾『ね（ne）』讓情緒平穩下來。下一句……斷句結尾是『で（de）』和『て（te）』，母音都是『え（e）』。『あ（a）』和『え（e）』啊。然後橋段的結尾是『ストーリー（su-to—ri—）』，尾音『い（i）』拉長的話……」

小珠的話少了平常的說明，但大概懂她想講什麼。她在檢查歌詞裡哪裡有母音吧？原來如此，歌詞已經定下來的情況，母音「あいうえお（a i u e o）」的排列組合也就跟著確定了。所以要考慮的事會是咬字？像是「あ（a）」比較容易發聲？

「あ（a）和え（e）是高點吧。歌詞的主旨是……體會到原本看慣的景色改變了……這樣的話……」

小珠用即興作曲的要領不斷嘗試「符合這個條件的旋律」。試第一遍，試第二遍，試到第三遍時，她停住了。

「要用這個嗎？嗯。很明亮，不錯。『塗上冒險色彩顏料』……講這句的嘴型其實不太動。這樣的話……把節奏切碎一點，讓音的流動有迫不及待感……讓『下一頁』這句歌詞的旋律跟副歌開頭一樣，不錯耶。這樣一來，拉長音的地方和字數多的地方就會輪流出現。比方說像這樣……」

讓具有開闊感的拉長音樂句，和字數多的細碎樂句交替出現，好像就可以凸顯出拉長音的樂句。小珠繼續用即興作曲的方式嘗試不同的旋律。

「……嗯。大概先這樣吧。」

然後，一段舒暢爽快的C段副歌就這樣完成了。她說先這樣，是表示之後還要修改嗎？

「……再來是，搭配這個C段的A段和B段了。這樣看來，A段要慢慢醞釀，B段也一樣，不要一下子就解決。等到『時機成熟』再一口氣拉上去……轟轟烈烈地接到C段。」

緊接著，小珠馬上又開始即興作曲。她幫A段開頭的句子「空白的筆記」配了好幾個不同的旋律，似乎已有中意的旋律了。接著繼續幫後面的句子也譜上曲。

「……問題是B段。這裡……嗯——要暫時轉成小調，營造憂愁感，然後再一口氣爬升，銜接到副歌？……好像不錯，這樣情緒變化上的對比會更鮮明。如果是這樣……」

然後，她又開始即興作曲。她似乎決定要在B段轉小調，營造憂愁、肅穆的氛圍。原來如此，這樣就能更加凸顯副歌。這就是她的用意吧。

「……這裡很棒。五秒前，像這樣、這樣……拉上去，然後到副歌一口氣釋放。很好，這樣就完整了。」

小珠停止喃喃自語，默默地操作電腦。看來整體的旋律大致底定，正在對各部分進行細部調整。剛才以為已經定案的副歌旋律，又再稍微細修過，讓樂句的銜接更合理。

「嗯——，就先這樣應該可以了吧？是說，反正是示範嘛。差點忘記就要一直修下去了。大概就是這樣！妳們聽聽看。」

小珠把筆電音量調到最大，按下播放鍵，然後唱出歌詞。完成度很高，令人難以相信這是在短時間內做出來的曲子。……不過，小珠本來就是專業人士，這大概就是職業水準吧。

「……嗯，差不多就是這樣！」

「天哪，這樣就完成了嗎……？」

「珠美學姊好厲害……」

「我有聽過傳聞，沒想到本人比傳聞更不得了……原來如此，這就是黑白的實力。」

「啊哈哈，哎呀，只是示範啦！好！現在把我剛才做的音檔通通忘掉，大家各自根據自己的想法來替這份歌詞譜寫旋律吧！」

「不用那個音檔嗎？」

「不用、不用。那是示範啦。現在要寫表演曲吧？那就大家一起創作吧。」

「……感覺上很好玩，但不知道能不能整合起來？」

「總之先動手試試看吧！做不到也沒關係！」

「嗯……說的也是。總之先寫寫看吧。」

老實說剛才那首就很棒了，但她的話確實也有道理。

「而且我也想嘗試先有詞的作曲。」
「是吧！就等妳這句話！那就照我剛才示範的方式，彩葉，鶯，妳們愛怎麼寫就怎麼寫！之後再把大家寫得不錯的地方串起來，整合成一首歌。」

＊～＊～＊～＊～＊～＊～＊

「……哎呀，寫不完呀。」
「還想要多一點時間……」
鐘面上的時間已超過晚上六點，催促大家離開學校的校內廣播響起。我們只好擱下寫到一半的曲，離開教室，朝校門走去。
「話說回來，彩葉，妳原本是打算今天完成嗎？」
「沒有啦，看到小珠只花三十分鐘就寫完，讓我燃起鬥志，想跟它拚了。但冷靜想想，只剩下一個半小時，能夠完成才奇怪吧。」
我以為說不定能趁狀態極好的時候一口氣完成，但果然沒辦法。要找出蘊藏在歌詞裡的旋律，看來並不簡單。實際做之後，才知道困難。
「嗯，剩下的就帶回家做，或假日做也可以吧？剛好明天是禮拜六，就用明天和後天完成吧。」

「嗯。那……要不要再來一次作曲夜宿營？」

「喔，好耶，那來我家過夜好了！鶯，妳周末有空嗎？」

「要過夜嗎？我要先問一下我媽……」

「喔。鶯的父母是不是很嚴？」

「她若不同意，我會努力說服看看。」

「喔喔，不用勉強喔？以後一定還有機會。」

「嗯。」

聽著小鶯爽朗的聲音，我隱約感覺到她不同以往了。我們四人走出校門，看著外頭天色昏暗後亮起的一盞盞路燈……對，我們「四人」。

我一邊觀察小悠，一邊開口問：「對了，小悠，妳有興趣加入社團嗎？」

「咦？妳的意思是，要邀我加入作曲社嗎？」

「啊，那個，嗯。小悠，我感覺有妳在會很愉快……而且妳和小珠好像也很合得來。」

「是呢……不過，抱歉，其實最近放學後還有點事，下個月再回覆妳可以嗎？」

「嗯，當然！妳慢慢考慮！先說沒有要硬拉妳加入，想拒絕也完全不用有所顧慮喔！」

「好。我也很想學作曲。只是我正在準備考普通機車駕照，要去駕訓班還要念書，課餘時間塞滿了。」

「機車……考機車駕照!?小悠，妳嗎!?」

「很奇怪嗎？」

「也不是啦，該怎麼說呢？妳要騎機車？我記得普通機車很大台吧？有點叫人意外耶……」

「學姊送我一台機車，我很珍惜，想騎看看啊。我的情況就是這樣，沒關係嗎？應該下個月就會告一段落了。」

「哦！知道了。嗯，那就沒辦法了！我們等妳！」

……小悠的作詞能力不但受到小珠的讚許，慢慢接觸了解之後發現她也會一點作曲。最令人意外的是她在學騎機車！很大膽又有行動力呢。

「小悠，妳有我很憧憬的成熟形象……」

「成熟形象？第一次有人這樣說我。」

「真的啊，性格沉穩，聰明大膽，身材又好，簡直太完美了，我都要羨慕死了。好難想像妳跟我一樣都是高三，感覺妳很適合穿套裝。」

「確實，江戶川給人一種看不透的感覺呢。」

「哎呀，我覺得珠美才神祕呢。」

「會嗎？」

「會。對吧？美空。」

「啊，對。珠美學姊很神祕。對我很好。」

小悠忽然把話題拋給小鶯。她在這種不經意的小地方，也展現十分貼心的一面。……我一時興起想鬧一下小珠。

「而且，小珠其實很可愛呢，對不對？」

「……」

「欸……等等，咦……啊！妳們幾個！是在開我玩笑找樂子嗎!?我可不會讓妳們得逞!?」

「……嗯？彩葉，難道黑白的弱點是怕別人稱讚她嗎？」

「沒錯，小悠，妳猜對了。小珠呀，只要說她可愛，立刻就會害羞喔。」

「誰會啊？我沒有害羞，要是能讓我害羞，算妳厲害！」

「妳看，她滿臉通紅了。」

「哈哈。真是看不出來耶。平常總是充滿自信的樣子，沒想到居然怕別人稱讚。」

「珠美學姊，妳好可愛。」

「可惡——妳們幾個——別鬧了！居然敢玩我，後果可不堪設想喔!?」

我們一邊像這樣開玩笑，一邊在路燈光線的蘢罩下並肩走回家。雖然小悠還沒辦法加入作曲社，但或許有一天，四人一起回家的時光會成為理所當然的日常也說不定。我開始期待那樣的未來了。

今天就到此為止！

第十話

作曲夜宿營Round2

——十點　準備工作

「早安，小珠。」

「呦，妳們來啦。」

「早安，珠美學姊。」

這樣的對話似曾相識？那天，我騎著腳踏車來到小珠家，天氣冷到就算戴了手套，手還是凍到僵硬，但每天的心情都無比期待，想著今天是不是又能學到什麼新東西。……真懷念那段作曲夜宿營的時光。明明不是太久以前的事，卻有種令人懷念的感覺。不過，真是做夢也沒想到，有一天居然會和學妹一起來小珠家借宿。現實倒是會發生出乎意料的事呢。

「歡迎，請進、請進。」

「打擾了！」

「打擾了。珠美學姊，這個是我媽送的一點心意……好像是各種品種的草莓。」

「哎呀，阿姨太客氣了，這個很貴吧？真不好意思。呦呵呵！太棒了！草莓耶！這下子有點心了！」

「我也有帶喔，小珠。一樣是銅鑼燒啦。」

「我們現在是點心富翁了！在銅鑼燒擠上大量鮮奶油，上面放草莓！光想像就讓我口水直流！妳們先去房間等我！我把東西放進冰箱就過去。」

我們跟在滿心歡喜的小珠身後走進她家裡，加上今天又帶了過夜用的換洗衣物，心情跟平常很不一樣。

「……我上次去朋友家過夜，應該是小學的時候。」

「啊，是喔？去朋友家過夜很開心對吧!?但今天可不是來玩喔！我們要認真作曲！」

「嗯。那個……除了睡衣、盥洗用具之外，還需要什麼東西嗎？」

「這樣就夠了。今晚大概不會睡，但澡還是要洗。」

「不會睡……？要熬夜嗎!?」

「應該喔。上次也是這樣。……對了，小鶯，那首〈倆人的禮物〉就是上次作曲夜宿營寫的。」

「真的嗎？……我開始期待了。」

「今天會寫出什麼樣的曲子呢！大家一起完成的第一首歌曲！」

我跟小鶯踏進小珠的房間，下意識環顧房內。來小珠的房間不知多少次了，我的第一首曲也是在這裡完成，突然間想起那時的點點滴滴……

「來了，讓妳們久等了——我端飲料來嘍！妳們在聊什麼？」

「謝謝，小珠。我們在聊去年作曲夜宿營。好，那馬上就來動工吧！第二次作曲夜宿營，主題是『原創曲』！」

「嗯！」

「麻煩學姊們指教了。」

——上午十一點　概念發想

大家各自忙碌時，我不經意問起：「對了，一開始是先做什麼啊？去年才做過竟忘了……」

「一開始是發想概念啊。」

「啊。對對。」

——啊！很不妙!?我想起來了！就是「回想自己喜歡的事物」。上次發想的主題是「期待聖誕老人造訪的心情」。小鶯應該也會喜歡吧……

……儘管如此，我還是沒有說出口。要我說出第一個步驟是「回想自己喜歡的事物」，實在叫人難以啟齒。怎麼辦？

「……嗯，咦？一開始是做什麼啊？」

……糟了。總之我就裝傻到底，反正小珠馬上就會說出答案了。這樣好嗎？我不知道……

「噢，彩葉，這次跟上次情況不太一樣。這次的流程又是全新的模式。」

「喔？」

小珠看著表情有點尷尬的我，使了眼神。啊，原來如此。小珠大概也想到了吧……？

「因為這次已經有概念了啊。情況和上次不同。」

「啊啊，對耶！已經有歌詞了！」

「所以概念發想階段就拿來仔細檢視江戶川的歌詞！來，我已經把歌詞印出來了！」

「喔喔，小珠真周到。」

啊——原來如此，太好了。要是流程跟上次一樣，我看才開始就要撞牆了。幸好有歌詞。

「妳的意思是，小悠寫的歌詞就是這次曲子的概念，對吧？」

「不是、不是。」

「……？」

「是彩葉要思考這首曲的概念。」

「喔。可是，詞是小悠寫的啊？」

「啊啊，是啦，我知道了。既然現在剛好講到，我們就先聊一下好了。」

小珠露出靈光一閃的表情，像在仔細挑選用詞似地稍微思考片刻後開口。

「決定這次樂曲概念的人，毫無疑問是彩葉。江戶川只是把彩葉的概念轉換成歌詞而已。而今天接下來要寫的旋律，也只是把彩葉的概念運用作曲技巧逐步具體化而已。是彩葉透過歌曲表達『想說的話』，這才是歌曲的根本。」

「是啦，這樣說也沒錯，不過……怎麼說呢，這件事有重要到需要再次慎重強調嗎？」

「這個嘛，老實說，真的非常重要喔。決定『想說的話』很重要。」

「嗯——可是，我沒有付出什麼耶，目前都是小悠的功勞。」

「鶯，妳可以嗎？」

「咦？可以什麼……？」

「決定『想說的話』。」

「……這個，我可能不行。」

「嗯，我想也是。」

「怎麼會！小鶯，妳應該沒問題吧？」

「妳還是不懂耶，彩葉。這件事到底有多麼『非同小可』？」

小珠喝了一口果汁潤喉，繼續往下說。

「意念清晰地有『想說的話』的人，其實根本找不到幾個。就連有在創作的人也一樣。」

「是嗎？也有人是……就算沒有想說的話，不也寫出很多歌了？」

「有喔，而且多到數不清。應該說這種人反而比較多。很驚訝吧？」

「嗯。可是，不就是因為有話想說才創作嗎？」

「那可不一定喔。應該說，**不一定要有『想說的話』才能創作。創作大致分為三類，『目的取向』、『手段取向』和『抒發取向』。**」

「……？」

小鶯和我現在大概是露出同樣的表情在聽小珠講話。目的、手段、抒發？

「**『目的取向』是指『想要分享這個感受』就是創作的主要目的。也就是必須要有『想說的話』。**這次的曲也是，彩葉寫的曲幾乎都是這一類。」

「嗯，我好像有點懂了。」

「**而『手段取向』指的是『純粹出於喜歡』。這一類人多半是用極為率直單純的感覺進行創作，不會想太多，喜歡沉浸於全心全意投入創作的樂趣中。**好比說，單純很喜歡小喇叭的音色。」

「珠美學姊，這和剛才那一類有什麼差別呢？」

「差別？」

「就是……比方說，手段取向的創作，如果用不同的角度來看……也是想要分享『喜歡這件事』的心情，不是嗎？」

「妳這個觀點很好，鶯。這部分的確常讓人混淆。只是，這兩類存在著決定性的差異。」

「喔？」

「『目的取向』是指不限定什麼形式，不是作曲也可以。換句話說，也可以是漫畫、劇本、小說或其他形式的創作，但目的都是出於『想要分享這個感受』。相反地，『手段取向』則是有限定形式，必須用這種手段進行創作。如果不是用這種手段——也就是用作曲來創作的話，就不能說是手段取向。兩者看起來好像類似，但其實有明確的差異。」

「經妳的解釋，我就懂了。」

「那我繼續說下去喔，**第三類是『抒發取向』。這說不定是世界上最多的一種，是很重要的概念。就算沒有想說的話（目的），或沒有喜歡（手段）的事物都沒關係，只是『抒發』自己的心情也可以。因此會說這是大家都能辦到的創作形式，或許也是救贖許多人的創作形式。」**

沒有想說的話，也沒有喜歡的事物……？

只聽小珠片面這句話，會感覺有點誇張。可是，我似乎理解了。我也曾經經歷過呢，那種幾乎要窒息的難受感覺、成功脫離那種狀態帶來的喜悅、以及把感受轉化成音符的達成感……

「其實呀，最近有一個朋友正為作曲所苦，來找我聊過，我也是那時才意識到這個問題，但過去幾乎沒人用文字描述，所以促使我想透徹想個明白。」

「哦，專業人士也會聊這些啊？」

我回應小珠的話，同時和她用眼神交會。那個「朋友」就是指我吧？

「……創作被世人看作是人類很崇高的活動。有些人甚至認為裡面蘊含的訊息才是最有價值的部分，但我認為不該一概而論。當然，有些歌曲確實要有「想說的話」才能成立。可是，創作有分『目的取向』、『手段取向』或『抒發取向』等各種類型，所以只要選擇適合自己的方式就好。……進一步地說，也不是只能用一種，這是比例問題。比方說，『目的占40％，手段占10％，抒發占50％』這樣也可以，或『目的占10％，手段占60％，抒發占30％』，或『目的占1％，手段占29％，抒發占70％』也行。**其實應該把這三類看作是組成的成分，可按不同比例進行組合。這也是為何大家在談創作時常常都說不清楚的原因，加上會意識到這一點，並且深入思考問題的人基本上也很少。」**

「嗯，應該吧。在聽妳解釋之後就懂了。」

「當思考自己是用怎樣的比例進行創作，可能會有意外的發現。像是手段是什麼都無所謂，或手段其實是巨大的障礙，或抒發遠比目的重要多了，或目的遠重於抒發之類……畢竟每個人創作當下的感受都不同。」

「咦……我又忘記『抒發取向』是指什麼了？有點混亂……」

「『目的』和『抒發』有清楚的差異喔。我把創作的對象『包含他人』的情況，當作是『目的取向』。也就是說，是預設寫歌給觀眾聽，以一種『分享』的心情來寫。而『抒發』則正好相反，創作的對象不包含他人，是為了釋放自己的內心感受，在某種層面來看，這是最具藝術性的形式……好像講太深入了，回到正題吧。我剛講到哪裡了啊？」

小珠像勢如破竹地一口氣衝過終點又突然緊急剎車轉回來一般，把談話拉回到先前的軌道上。

「喔，對，在講『先有詞再作曲』。這次的情況是以彩葉的『目的』為核心。我們要如何表現彩葉定下的『目的』，就是這次作曲的概念。」

「原來如此……小珠妳的意思是，我們在做『目的取向』對嗎？」

「嗯。**這次想要寫的曲具有很清楚的目的。具體來說就是『想把自己渴望的青春回憶，向他人訴說它有多麼棒，引發對方的共鳴』。這完全就是目的取向的創作。若寫不出曲，用別種創作形式也可以。**」

「……嗯。」

「好！所以呀，這次作曲的概念，就是彩葉提供的『我的青春計畫』！我們趕快來作曲吧！」

「嗯！」

「好！」

——中午十二點　架構

「來吧，我們先來分析江戶川的歌詞。**先有詞再作曲其實很視覺性，因為已經有歌詞指引我們了，所以可以從替歌詞添加『作曲的表現方式』來著手。**」

「『作曲的表現方式』？」

「對。其實要怎麼寫都可以，但我們今天就先在每句歌詞旁邊標註『這裡要做成哪種感覺』。」

「啊——原來如此，比方說『定時炸彈引爆五秒前』這句，就寫『按捺緊張情緒』之類？是這個意思嗎？」

「沒錯！先在每句歌詞旁邊加上這種註記。寫法沒有特別規定，把想法寫下來就對了。要寫『一口氣衝上來碰地爆炸！』也完全沒問題。這樣寫反而更好。」

「感覺很好玩！」小鶯很興奮地說。

「如果是這樣，應該沒問題。」

「……就是把這首曲的流程，或說是『架構』，慢慢寫出來吧！彩葉，妳想怎麼做呢？」

「我想怎麼做嗎？我應該會先從A段主歌下手吧？……就是『空白的筆記　要畫上什麼

模稜兩可的註記

作曲社用　先有詞再作曲的歌詞　初稿

「歌名未定」

（A）

*有一點點不安

空白的筆記　要畫上什麼呢？

就算說　畫什麼都可以喔

但一筆畫上　就無法抹去了對吧？

既然無法重來　就必須慎重

太過苦惱　到頭來什麼都沒畫

*伴奏用噹啷～的感覺

*靜靜地進歌
在完全空白的筆記本上
小步行走的感覺

*心裡不安卻依
然努力的感覺

*（到這裡告一個段落，
或說場景轉換）

（B）

絆倒的腳邊 ← *愣愣傻住

墨水灑了一地 ← *焦慮？

好吧　事已至此

已經　不能再逃了

*糟糕了

*氣氛轉變
增加大量音符
鼓

太慘了對吧　太棒了對吧 → *其實很開心

定時炸彈引爆五秒前　絕不停下來！

*大事不妙，
但反而很棒

*聽見滴答聲

才不會踩下剎車喔 ← *得意洋洋的表情

（C）

*在副歌大爆發!!

簡直像世界的色彩　轉變了一樣 → *看景色看到入迷

*最希望觀眾聽見的句子

塗上冒險色彩顏料　揮灑繽紛作品 → *雀躍的心情

我的青春計畫　下一頁就是 → *超級帥!!

*可愛的音色
玩具鋼琴!?

和妳和妳　和妳和妳 → *這裡讓每個人依序輪流？

我和妳們　投注在歌曲裡的故事

*充滿力量!!

呢？』……嗯，我想這個階段還是安靜起身比較好吧。」

「鶯覺得呢？」

「我啊……也是這麼想。……抱歉，想不到什麼好點子……用畫面來形容也可以嗎？」

「喔，當然。那樣更好喔！」

「好……像是行走在完全空白的筆記本上，只能向前走的意象。」

「喔喔喔，妳的描述很詩意耶！很好！就保持這樣！聽起來妳們對這一段都有安靜的印象，或者說，沒有生氣的感覺吧。偏正經或偏歡樂，哪一種呢？」

「啊——，好難喔。要是做成正經的感覺，事情就變得有點太嚴重了……還是歡樂一點比較好。可是，又不想給人一種胡鬧感覺……」

「好，那就把妳講的這些全部寫上去。」

「這種模稜兩可的感覺也可以嗎？」

「反而這樣才好呢。鶯剛說的那個畫面也很棒。因為『不具體』，所以很好。」

「不是要具體一點比較好嗎？」

「模稜兩可比較好喔。**因為作曲就是把這種『沒辦法用文字表達清楚的複雜心境』化為音符的創作方式。**」

「啊啊——對耶！我懂妳的意思了。」

「就是這樣。所以不用預設太多。鶯從剛才就一臉很緊張的樣子，好像在逼自己必須講出好

idea才行。其實有意象就可以了。」

「啊，好。我知道了。這樣的話，我應該可以發揮得更好。」

「好！那我們繼續往下寫吧！就照這種感覺，把每句歌詞都加上『模稜兩可的註記』！」

「……嘿！大部分都決定好了耶。」

「呼……休息一下！」

「……好累。」

三人輪流發表感想，一邊檢視歌詞的註記，在腦海中想像歌曲完成的模樣。這會成為一首好歌嗎？

「鶯的意見都很好啊，特別是A段主歌。」

「轉化為文字對我來說比較困難，不過，若是意象也可以的話，那就沒問題。」

「B段主歌五秒前那裡的情緒鋪陳很有意思，有種明顯在為進副歌做準備的感覺。這裡可以做很多有趣的事。」

「乾脆這裡就爆發吧！就像進副歌的瞬間，突然從舞台兩側『磅！』地噴出煙火效果那樣！我想做那種效果。」

「妳現在就開始想像舞台上演出的畫面啦，彩葉，真有妳的。而且還是那種大場面。」

「咦，啊哈哈！就只是想想嘛！」

「好，概念發想與架構就到這裡。整首歌的氣氛大致浮現了！接下來，要把這些想法一一具體化成旋律！」

——下午一點 旋律發想【前半】

「我們去年是怎麼進行的？」

「從哼歌開始，依據結構逐一發想旋律，再一邊檢視，慢慢把整首歌組織起來。」

「我竟然做出來了!?」

「嗯。因為有使用『風格重組』呀。」

「嗯。」

「老實說，不管是什麼樣的旋律，都能使用風格重組。不過這樣說可能有點太武斷，我的意思是，若只是想做出『大致上感覺不錯的東西』，用風格重組就很適合。而且一定做得出來。」

「風格重組真的很厲害。我們這次不用風格重組嗎？」

「不用。這次要做完全的原創曲。音樂的編排全都要我們自己做，就是拿掉輔助輪。」

「什麼！可是我怎麼有種沒有風格重組就做不出來的預感……」

「彩葉學姊，那個『風格重組』真的這麼厲害？」

「真的啊。該怎麼解釋呢？……好比是能夠讓素人在一天之內就畫出有模有樣的漫畫。」

「唔哇！」

「之後再請彩葉教妳吧，鶯。搞不好風格重組很適合妳也說不定。以分類來說，這個技巧算是『手段取向』，熟練之後可以用在大部分的音樂製作上。」

「……有這麼厲害的……技巧嗎？不過既然珠美學姊都說了，一定是真的……」

「小鶯，妳愈來愈懂小珠了耶。」

「好，接下來要用即興作曲。彩葉，鶯，準備鍵盤。」

「啊，好。」

「我接好了。」

「妳們都已經會用即興作曲重現此刻心情了吧？試著把第一段前半歌詞的感覺彈出來，找到能表達出那種心境的樂句。音符數目和歌詞字數不同也沒關係。」

「嗯。那我先開始好了。」

小珠之前貼的表情符號還在鍵盤上，我把肩背式鍵盤放到桌上開始彈。右手彈旋律，左手則挑選表情。

「……剛剛彈的好像不錯？」

「氛圍很棒，但是不是有點太慢？這首歌的速度想大概多快？」

「啊，對耶。要快一點，特別是副歌，希望是快節奏，這個氛圍太慢了對不對？……小鶯，妳可以試試看嗎？」

「好，我來試試看。」

然後，小鶯嘗試即興作曲。……真厲害，是因為小鶯的節奏感比較好嗎？基本上就比我要有模有樣。

「……這種感覺嗎？」

「很不錯耶！開頭的地方就是要那種感覺！啊，不過最後面會不會太憂愁了？好像有點沉重。」

「……嗯，這裡想要更多一點自嘲般的開朗感。」

「喔喔，自嘲……這形容很傳神耶，小鶯。」

「咦？有嗎？」

「倒是不錯，對對，自嘲的感覺。這裡很適合那種氣氛。那……像這種感覺如何呢？」

「……好耶。」

「看起來開朗，但臉上卻不見笑容的感覺。」

「很棒耶。」

「喔喔喔，原來如此。嘿嘿，妳們兩個真有意思。」

小珠像是看到什麼驚奇事物一樣語帶佩服地讚嘆。我們說了什麼奇怪的話嗎？

「如何？小珠。」

「我覺得很好。沒任何意見，就照這樣繼續往下做吧。看來我不要多嘴比較好。」

「那……就先這樣試試看吧。」

我們試著把剛才小鶯彈的樂句和我提議的樂句接起來，感覺好像不錯？

「欸欸，我喜歡。」

「嗯，我也喜歡。」

「但只有旋律的單音，還說不準。總之先把旋律輸進電腦好了。」

「說的也是……還有貝斯。」

「哎呀，我插個話。貝斯先想在腦海就夠了，妳們先專心把旋律寫完。」

「啊，這樣嗎？那就這麼辦。」

我們接受小珠的建議，繼續作曲。

「整體而言有一點太開朗了，所以……像前半段這個音，故意降半音製造一點不安的感覺，如何？」

「這是哪招？唔哇，很不錯耶！不過這不是這個調的音……可以嗎？」

小鶯提議的作法聽起來超級棒，但要用不在這個調裡的音似乎又不太妥。我有點擔憂，於是將目光投向小珠。

「好耶，『移半音』是作曲中一種能添加風味的技巧。」

「移半音？」

「**就是故意使用不在該調內『移了半音的音』。這樣一來，聲音就會變得非常不穩定。想要營造出不安感時就用一個，就像在食材上放一點芥末的感覺。位置擺得好的話，可以一口氣提升整首曲的質感。**」

「但這個音不在這個調裡面，沒關係嗎？」

「沒關係喔。我晚點會說明怎麼整合不在該調音階裡的音。移半音這招很酷，就用這個降了半音的旋律吧。」

「哦，這個叫作移半音啊。小鶯妳好棒，居然想到這樣做。」

「啊，因為管樂曲經常出現，很多樂曲都會使用臨時記號。」

「我──原來是這樣啊。」

「稍作整理一下……是這種感覺嗎？」

「啊啊，不錯耶！很有機會變成一首好曲子！這段旋律和歌詞配得起來嗎？」

「配合歌詞調整看看吧。」

「說的也是，要在哪裡斷句，或在哪裡拉長，稍微調整一下，感覺可以完美吻合歌詞。」
「好厲害喔。即興作曲。」
「真的。很稀鬆平常就寫出來的感覺呢。……好，接下來是B段主歌！」

——下午兩點　午餐

「來，兩位！我知道現在作曲進展得很順利，但肚子差不多餓了，先休息一下吧！午餐吃咖哩喔！」

我和小鶯全心投入在作曲時，小珠一直面帶微笑看著我們。剛剛我才想說她怎麼悄無聲息地消失了，現在正端著一個擺了三盤咖哩的托盤出現了。房間裡瞬間全是咖哩的香氣。

「喔喔！妳煮的嗎!?」
「不是，我媽煮的啦。應該沒人會討厭咖哩吧？鶯，妳吃咖哩嗎？中辣可以嗎？」
「小意思。」

「那午餐就吃這個嘍！來，湯匙，要喝茶就自己來別客氣！」

「謝謝。」

「我開動了。啊啊——突然想起好多事喔。去年作曲夜宿營時，吃完飯後，我嚷嚷著『剛才寫的那段曲怎麼變得好無聊！』，又嘟噥著真不可思議之類的……對不對？啊！好吃！牛肉好香！」

「我開動了。……彩葉學姊，為何在吃完飯後，那段曲就變得很無聊了呢？」

「啊啊。哈哈！該怎麼說咧，我的意思是作曲時也會發生這種情況啦。不過，有一天妳也會體會到這件事。」

「喔喔。」

「啊——我上次到朋友家吃飯不曉得是幾百年前的事了！」

「我沒吃過別人媽媽煮的料理呢。」小珠語出驚人地說。

「！」

「是喔，我也是耶。話說一般來說很常嗎？在什麼樣的情況下會吃到朋友家的飯菜呢？」

「這個嘛……啊哈哈！是什麼情況咧？」

哎呀，真是的，講得好像小珠的朋友很少一樣。雖然是她一貫的風格，但我每次都不知道該回什麼才好。

「我知道了，小珠下次來我家吃我媽煮的飯吧！妳雖然常來我家玩，但沒有在我家吃過飯耶！」

「喔喔……好啊，但我不知道要穿什麼去妳家吃飯？制服可以嗎？」

「穿普通的衣服就可以了吧!?」

「……普通的衣服？彩葉，妳又給我出難題……」

「珠美學姊，穿妳喜歡的衣服呢？」

「哦？喜歡的衣服。我知道了。」

小鶯開口的瞬間，我和小珠同時看向小鶯。她突然插進來的那句話並沒有什麼奇怪之處，但怎麼說呢？小鶯在說出自己的想法時，明顯比之前乾脆了。

「小鶯，妳也一起來吧。」

「可以嗎？」

「當然！我會先跟我媽說『我朋友要來吃妳煮的菜』！她會很高興！她做菜可是很講究。只是，每次興致勃勃地挑戰新菜色，往往是失敗收場。」

「原來彩葉媽媽是幹勁十足反而容易失敗的類型呀。」

「我媽偶爾也會這樣。她喜歡挑戰異國風味的料理，但偶爾會出現很奇特的味道，像是吃香水的感覺……」

「小鶯的媽媽也會這樣啊！我懂。明明知道失敗了，卻硬是搶在別人開口前拚命自誇，就像不給別人機會反駁一樣。」

「哈哈啊！妳們的媽媽可以做朋友耶！……先透露一下，我不太敢吃香料喔。這點很像小朋友吧，很怕那個味道。」

就這樣，我們一邊閒聊，一邊享用咖哩。

「我好像可以正常和鶯聊天了。」

「……不好意思，都怪我不太會聊天。」

「我不是這個意思。我感覺可以自在跟妳相處了。」

「嗯。我也很高興。」

「我認為不需要很會聊天也無所謂。我也不覺得自己很會聊天。特別是作曲，『把沒辦法用言語形容的感受化為音符』正是它最有魅力的地方呢。」

「我倒覺得只要給小珠一點時間，等漸漸熟了之後就很會聊天了。」

「喔喔——原來如此，……是這樣嗎？可能吧。因為不熟，我可能會說『我乾脆用音樂來表達，等我一下！』吧。要先磨蹭個老半天，才有可能變熟。」

「啊哈哈，對對，就是這種感覺，小珠妳就是這樣。」

「被妳這樣一說，還真的。《少林足球》那部電影裡有一句台詞是這樣說的：**『除了唱歌，我想不到其他方法來表達我內心的興奮和對你的仰慕』。在那一幕中，主角極為突兀地開口就唱了起來。我當下立刻就記住了。光用文字沒辦法說清楚，或用文字不足以形容時，音樂就是不錯的選擇。**」

「音樂劇或許也是因為如此才會在台詞中加上唱歌部分呢。」

「特別是情歌，音樂本身傳遞的感受似乎比歌詞更豐富。」

——下午三點　旋律發想【後半】

「差不多了，繼續幹活吧。」

「嗯，接下來是B段主歌和C段副歌。」

「說到B段主歌……」

「鶯，妳有什麼想法嗎？」

「……那個，像是如果只有這個部分轉小調……有辦法嗎？穿插一段稍微憂傷的感覺……我想這樣和A段主歌應該也能明確做出區隔……吃午餐時一直想這件事……是不是不怎樣？」

「嗯，我也不知道，先試一遍妳說的吧！小鶯心裡已經有雛型了？」

「有，但很大概那種。」

回完這句話，小鶯配合B段主歌的歌詞開始即興作曲。

「……怎麼樣？」

「很不錯耶！……不過，這和A段主歌銜接得上嗎？小珠，妳覺得呢？」

「沒問題！可以。畢竟小調（此指 A minor）的組成音和C大調相同，應該可以接得很自然。」

「哇，忽然就很有原創性耶。小鶯，就用這個吧！」

「可以嗎？」

「先這樣吧。A段主歌走和緩路線，以移半音為亮點，B段主歌的特色則是小調！現在每段都有能抓住聽眾耳朵的元素了。」

「是耶。」

「感覺愈來愈酷了！那麼，接下來『好吧　事已至此』這裡也用小調，要時尚一點，帶有速度感的感覺……譬如這個怎麼樣？啊——等一下，重來。剛才那個不對，要再更……這個如何？」

「很不錯耶，彩葉學姊。」

「但想要再更有速度感。」

「哦，速度感……那就這樣吧，如何？」

小珠聽了小鶯彈的音，激動地說：「喔喔——好耶，這個好。如果想要做出速度感，最好不要讓音程上下跳來跳去，比較能凸顯在水平方向直直衝出去的感覺。」

「啊——！好！這個好耶！」

小珠設計的樂句的確「有種速度感」。雖然不知道她怎麼辦到，但這其中一定也有訣竅吧。

「對了，彩葉有發現嗎？剛才的那個旋律，已經變成其他調了。」

「咦？不會吧!?」

「不知不覺中已經變成F調了。」

「咦咦!?」

「這種情況可多。」

小珠看起來很愉悅，壞心笑了笑說：「一心專注在思考旋律時很容易發生這種事，特別是先有詞的時候。這種情況稱為『近系調轉調』。實際上已經從C轉成組成音相同的Am，再轉到F了。」

「怎麼可能……完全沒有察覺到耶。」

「就照這樣繼續寫下去吧。能夠很自然地使用近系調轉調，那是最好不過。」

……咦？我該不會是不小心用了什麼厲害的技巧了？

「我之前之所以不太提轉調理論就是這個原因。**旋律原本就不該被束縛在一個調裡。讓旋律按照想去的地方自由發展，若自然地換到另一個調，那才轉調。這種作法最為自然。**」

「喔喔……」

「**當學會音階概念之後，就很難從音階的思維跳脫出來，這也是很常見的狀況。我的想法是，與其怕自己用不好，還不如打從心底把轉調看作是有很多彈性可能比較好。**」

聽著小珠的說明，我重新聆聽剛才那段旋律，就是用到我還沒理解透徹的近系調轉調的那段。在一段旋律中，就有如同色彩逐漸變化的兩個調，讓我不由得想，要是能隨心所欲地使用這項技巧，作曲也會更靈活吧。

「好——！那A段和B段主歌就這樣了。接下來是副歌。」

「啊，副歌的話。」

——小珠話音剛落，我見時機來到，便順勢開口說。

「……其實，我想了三個版本。我想我們可以在這個基礎上討論出一個版本，妳們先聽聽看。」

「真的嗎？」

「妳寫了三個版本的副歌嗎？昨天寫？彩葉很有幹勁耶！」

「啊哈哈……也不是啦，我也是擔心萬一想不出來怎麼辦……所以就……很希望成果是一首很棒的歌曲啊。……抱歉，我擅自作主了。寫得若是差強人意，不用也沒關係……」

「總之先聽聽看吧。」

「嗯。」

「那我放嘍。」

然後，我播放昨晚偷偷寫好的副歌旋律。要是反應不佳，我就在氣氛變得尷尬前趕快自行撤退。……我在心中打定主意，一邊依序放出三個版本。

「……怎……麼樣？」

「彩葉學姊，這是妳寫的？」

「嗯。」

「很棒啊。」

「真的嗎？」

「我很喜歡第一版。很有記憶點的旋律耶。」

「真的嗎？」

「充滿開朗雀躍的感覺，也有氣勢，很酷。」

「……好開心。」

「沒錯，我的想法和鶯一樣。」

「太棒了——！老實說，我很重視我們的第一首原創歌曲，所以一直重寫，一直重寫，寫了不曉得多少次！……這段副歌真的還不錯對吧!?雖然還沒能完全貼合歌詞，不過大概是這種感覺！啊哈哈……只是，該怎麼說咧？我不確定自己寫的旋律，別人是否會喜歡，可能有點遜!?畢竟自己喜歡的東西，別人不見得會喜歡啊。」

「有這種想法的人不只妳喔。」

「？」

「『覺得自己寫的旋律很遜』的想法。」

「小珠也會嗎？」

「當然。但那正是妳最富魅力的『獨特性』。這東西稱為『個人風格』，**個人風格這種東西啊，就是會令人有點不好意思。正因為實在太有自己的感覺了，所以讓人很害羞。不過，彩葉的個人風格在『彩葉以外的人』眼中有可能變成最迷人的地方。**」

「……咦？我寫的副歌很迷人？」

「超級迷人喔。不過自己的確很難意識到這一點。**作曲家是否『具備自己的個人風格』其實相當重要。曲子若能具備類似氣味的特質，那麼聽眾也會很容易聽出是哪首，光是這一點就非常有魅力了，也會有獨一無二的獨特性。只是，這麼做需要勇氣，因為連自己都可能覺得有點遜啊。所以很多人會模仿別人或迎合潮流。**……彩葉偷偷寫的副歌就充滿個人風格，既有獨特性，旋律也很棒喔。」

「喔！」

……咦？大獲好評耶。我嚇一跳。被稱讚成這樣，我反而不曉得該作何反應了。

「我懂珠美學姊講的。」

「哦？鶯，妳懂嗎？」

「對。**模仿別人並不困難，但要做自己需要勇氣。**」

「沒錯。」

「對。我也想變成像彩葉學姊這樣，可以寫自己的曲。」

「……」

我被捧上天了？現在這樣，反而令人害怕之後會突然翻盤，有種會砰地跌下來的預感……

「話說回來，鶯，妳會被彩葉的曲子吸引，就是因為這個緣故吧？」

「對。聽起來很有個人風格，會讓我不由自主地想像寫這首曲的人，是不是就跟曲子給人的感覺一樣？」

「就是這樣！」

「……謝謝誇獎……我還以為要翻盤了？」

「翻盤？妳在講什麼？」

「喔，不好意思，彩葉學姊是希望我假裝來個翻盤，搏君一笑？」

「啊啊！不是啦，對不起！真的謝謝妳們！就當我沒說！啊哈哈！我真是的，該怎麼說才好，實在太不習慣被人稱讚，一直覺得一定會翻盤！」

「……？」

「啊啊，鶯，妳不用在意。我想妳一定聽不太懂彩葉在講什麼。」

「對！妳不用在意！就當傻瓜學姊在耍笨！」

「……？」

呼——原來是我搞錯了。之前一直以為小鶯對作曲社感興趣，是因為我的蹩腳曲子給了她無比信心的關係。原來不是這樣呀，她是真心欣賞我寫的曲子。

「好！C段就決定採用彩葉的副歌了。接下來，大家一起修整，把它完成吧。」

「啊，等一下，小珠。還有一件事，不知道可不可以……」

「什麼事？」

——這首曲是我和大家共同努力的心血，也有我絕不能讓步的地方，或者說是我最想做的事。

「副歌的『簡直像世界的色彩轉變了一樣』這句，現在雖然已經很不錯了，但好像不太有『簡直像世界的色彩轉變了一樣』的感覺。所以……我想要不要在副歌往上轉到比較高的調，可以嗎？調不同，世界也會隨之改變，對吧？」

「喔喔，這樣子啊。」

小珠把曲子播放出來，然後陷入沉思。

「如果是這樣的話，這裡往下轉調比較好。我來試試看。」

小珠一邊回話一邊把我寫好的副歌全部選取起來，降低音高。然後在某個調的位置停了下來。

「要轉調的話，這個調比較好吧。」

「不是往上，而是往下嗎？」

「對。妳聽聽看。」

接著，她播放從B段銜接到C段副歌的旋律。聽起來……

「……世界的色彩，轉變了耶！」

「對吧。轉調沒有限制一定要往上轉。有時轉到比較低的調，反而能讓旋律在音不會過高的狀態下，做出一種猛地到了頂點的感覺。」

「原來如此。我可以再聽一次嗎？」

「嗯。我們多聽幾次，邊調整細節吧。」

「對了，小珠，這是轉到什麼調呢？」

「從F轉到D。從五度圈上的相對位置來說，是轉到了F的『朋友』調。所以變化幅度聽起來比剛才的近系調轉調更明顯，對吧？如果用彩葉的話來說，就是『世界的色彩轉變了』吧？」

「真的耶。嗯。原來轉調還有分『讓人明顯感到改變』，跟『不知不覺中就改變了』。兩個放在一起比較，就很容易感受到差別呢。」

——下午五點　貝斯

「慢慢有個樣子了。」
「終於有個樣子了呢。」
「真的有個雛型了耶。」
雖然只完成旋律部分，但歌詞的氛圍更加具體了。
「才寫完旋律而已，就用了好多技巧耶。A段主歌的『移半音』，B段主歌的『換成小調』，還有B段主歌後半段的『近系調轉調』、以及C段副歌的『昭告天下的轉調』。……這麼多技巧整合得起來嗎？」
「沒問題喔。現在雖然只有旋律的聲音，但旋律本身聽起來很順耳吧？」
「嗯。順到讓人覺得奇怪。太自然了！我都開始懷疑想再確認一下。明明塞了這麼多東西。」
「A段主歌裡因為用上移半音所以發揮了效果。轉調這麼多次卻還是很自然，是因為一開頭的A段主歌裡用了許多不在調內的音。在這種情況下還能聽起來很自然，很好呢。」

「嗯。應該是吧。我好像稍微可以理解。」

「旋律可以聽起來這麼自然，是因為我們在創作時一心想著要實現彩葉的目的。絕對能整合起來。自然的東西呢，一定會有一種剛剛好的整體感。」

望著一旁小珠愉快說明的側臉，我不由得好奇起來，小珠到底是從什麼時候、又在什麼樣的契機之下，開始思考這些事情呢？尤其是現在說的這些話，完全不像是出自於一名高中生。我再次深感佩服，這個女生到底有多厲害啊。

「好，我們來配貝斯跟和聲吧！」

「這次不用風格重組對吧？」

「對。不用輔助輪了。但要怎麼做呢？」

「啊？什麼怎麼做？……我腦中完全沒有想法。」

「有啦。彩葉，如果是妳，會想怎麼做？」

「咦咦！嗯……」

……？我會怎麼做咧？

「這邊也用即興作曲嗎？」

「沒錯。已經完成一組旋律了。一邊播放那段旋律，一邊把感覺『就是這個了！』的貝斯加上去。要用之前的表情符號也可以，不用也可以。」

「好。」

聽小珠這樣一說，我在心中暗忖，配貝斯或許也沒那麼難。……其實也就是按下這些貼著表情符號的按鍵，一步步定下整首歌的氣氛。這樣的話，我應該辦得到。

「可是，珠美學姊，中間有轉調……該怎麼處理？」

「轉調後，Do的位置會隨著新的調改變，就只是這樣而已。如果有用表情符號，那在F調時，就配合F調重新貼一次就好了。副歌換成D調時也一樣。不過妳們應該也差不多習慣了吧，不太需要貼了。」

「原來如此。只要配合每一個調重貼表情符號就可以了。」

「是不是很簡單？**新出場的角色『貝斯』是抱著什麼樣的態度在看待旋律和歌詞想去的方向？當旋律憂傷時，要陪著一起憂傷嗎？還是鼓勵？或是置之不理？……全看作曲者的偏好。**總之就是利用表情符號，把貝斯這個角色的心境變化一一鋪陳出來。當然也有按樂理的作法，**但真正重要的是『必須符合自己的目的，聽起來才會自然』。換句話說，只要自然，聽起來就不會突兀。**」

「那我們趕快來試試看吧。」

曲子再次被播放，旋律以單音流洩出來。我盯著上次小珠幫我貼的表情符號，再次咀嚼歌詞的含意，也重新品味旋律的意涵，思考要選哪個表情。然後，我一邊思考一邊按下一個鍵，又按下另一個鍵……不斷嘗試各種聲響。

「有的感覺還不錯耶，妳覺得呢？」

「都不錯吧？彩葉，妳自己決定。」

「好。不過我也想聽看看大家的意見，畢竟是大家一起寫的歌。」

「也是。那我們就講一下各自的想法。鶯，妳覺得呢？」

「我嗎？我很喜歡彩葉學姊彈的第二個。」

「喔喔，我也喜歡那個。」

「咦？妳們說的第二個是哪個啊？是這個嗎？」

「妳不如再多彈幾個，彈到找出喜歡的音為止。」

「好吧。如果有不錯的話，妳們要喊一聲喔。」

我們一邊像這樣討論，一邊決定低音線。A段主歌已大致定案了，雖然完全不曉得這樣配對不對，但旋律、歌詞和低音線這三個元素組合在一起是否有恰如其分地呈現出「我想說的話」，只有我自己才能決定。**音樂原本就沒有正確答案。如果有，那應該就只是「是否有把自己想說的話表現出來」而已。而且只有作曲者自己可以判定。**「大家一起寫的旋律」跟「我想說的話」是否走在同一個方向上，或許就取決於低音線和旋律之間的關係。

「就算不酷也沒關係嗎？」

「當然。彩葉，只要符合妳『想說的話』。」

「嗯。小珠，我就知道妳會這樣說。」

加上貝斯後，旋律就展露出曲子的樣子了。原來光是旋律和低音線這兩個元素，就有「一首曲」的感覺。明明只有兩個元素。我之前都是用風格重組寫貝斯，一直沒領略到這驚人的祕密和個中的樂趣。

「小珠，配貝斯呢……該怎麼說咧……真叫人興奮。」

「看來妳又體會到一項作曲的樂趣了。」

「嗯。」

「如果是由鶯來配低音線，或者小珠來配低音線，應該會有各種不同的組合吧？」

「沒錯。下次再來玩玩看好了。這次讓彩葉決定原創版本。」

即使小鶯和小珠會分享她們的想法，但最終還是由我自己決定低音線。接著是B段主歌，調不一樣了，我把表情符號重新貼成F調，進行到一半便停下手的動作。

「……我好像已經不需要這些表情符號了。」

「對吧？妳已經懂意思了吧？」

「嗯。一個調裡的Do、Re、Mi等音，會各自展現出沒辦法用言語精準形容的表情。」

然後，替B段主歌及B段後半配上低音線。先轉至小調，緊接再轉調至近系調的F調，這部分的低音線表情，就做成朝副歌助跑的感覺。這是我想要的正確答案。

「……C段副歌要轉成D調，對吧？這樣的話……」

然後，我在D調上思考。先依序彈出D調的Do、Re、Mi、Fa、Sol、La、Si、Do，一一回想調上每個音代表的表情符號。接著動手配副歌的低音線。這裡倒是出乎意料地順利，沒什麼糾結就定案了。但問題是……

「B段主歌和C段副歌銜接的地方，貝斯要怎樣配才好咧……？」

就是從F調轉到D調，「世界的色彩轉變了」那一句的貝斯。這裡我想要清楚做出改變了的效果，但現在配的貝斯味道不對。

「轉調到距離比較遠的調時，也可以善用一些樂理的方法，妳想聽聽看嗎？」

「嗯。」

「跟剛才講的其實很類似。**在銜接不同調時要思考什麼東西能夠成為原本的調和下一個調之間的梯子。這有一個專有名詞，就叫作『屬音動線（Dominant Motion）』**。」

「屬音動線？」

這個詞好像在哪一本令我深受打擊的樂理書上看過。那些看得我一個頭兩個大的專有名詞，

屬音動線的轉調流程

【何謂屬音動線】

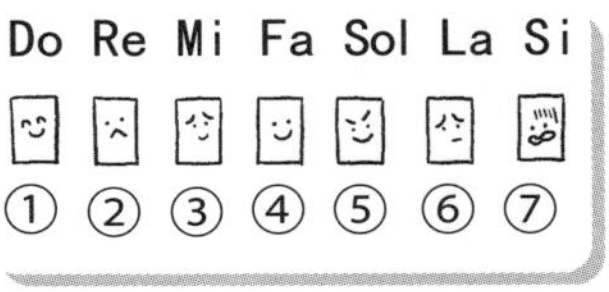

在 之後，自然而然會往 的現象，就是音樂的引力。現已應用在各式各樣的歌曲中。

→→的順序，會有一種引力，就像是聽到「起立！」時下意識會起身敬禮一樣。

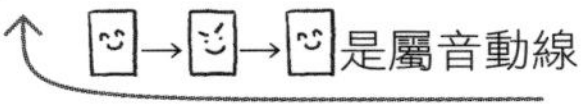

在這個基礎上！

以兩個例子做對比，用了屬音動線的轉調範例

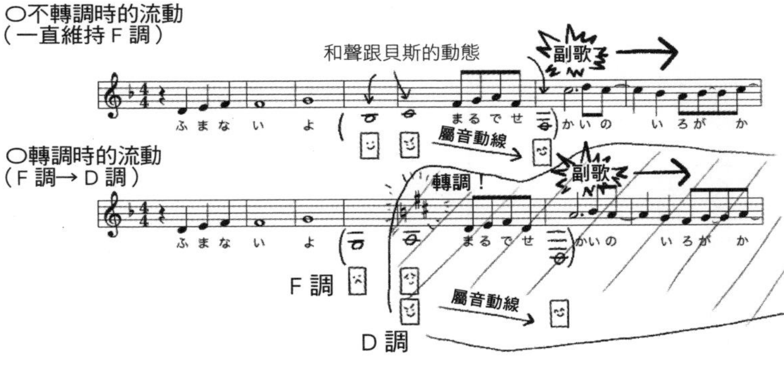

不轉調的情況下，進副歌前用屬音動線的結果就如同範例上圖這樣。轉調的情況下，則像範例下圖，編排時要考量「對轉調後的那個調來說的屬音動線」。在 F 調相當於從移到，這種編排稍嫌缺乏氣勢，但因為這個正是後面 D 調的，因此就形成了朝副歌衝過去的屬音動線。

這種編排能營造充滿戲劇性的轉調感，給人一種乾脆俐落的舒暢感。這是很常見的基礎轉調理論（別嫌我囉嗦，但這之外還有無數種轉調呢）。

或許也是我放棄樂理的原因之一。

「不熟悉也沒關係，不用想得太難。**簡單來說，屬音動線是指『讓音的流動變自然』的現象。**用鍵盤上貼的表情符號來看，就是先選堅決表情，再用微笑表情收尾。以C調來說，就是貝斯先彈G，再回到C。**這種音樂上的『自然流動』，可用聲音動力學解釋。而『用了屬音動線的轉調流程』，就是利用了這種自然的力量。**具體而言，比方說像是這樣……」

小珠先是一臉（這該怎麼寫？）的表情，隨即又靈光一閃，開始動手寫筆記。

「也就是說，後面那個調（D）的堅決表情（屬音）是A這個音，所以貝斯就彈A音。對前面那個調（F）來說，A音則是代表為難表情。但A這個音同時也是後面那個調的堅決表情。藉由彈A這個『包含兩種表情』的音，從前面那個調轉到後面那個調。因為具有強烈的自然引力，所以A音不是跳到後面的調（D），更像是『被吸了過去』才對。這跟和弦進行是不是有點相似，如果仔細分析背後的原理，就會發現其實很簡單。心境變化存在著一種自然流動，只是用理論來描述這種現象罷了。所以呀……」

小珠看著我絞盡腦汁努力消化資訊的表情，聲音放柔說道。

「**就算音的流動或情感的流動可能存在自然規則，但人類很擅長違反自然。不自然的東西或許看起來很奇怪。可是，那並不是錯誤。所以，我們都要給自己試錯的空間，努力長成獨特的樣貌。**」

——晚上六點　和聲

「我想想，那下一步就來編和聲吧。」
「和上次一樣吧？」
「嗯。這次再多講一些概念好了。」
「啊，還有概念喔？」
「有鋪陳和聲的方法。說真的，在貝斯決定後，和聲也差不多大抵定案了。」
「喔？」
「**旋律有無限種可能性，配貝斯雖然不能說有無限種可能但也有很多選擇。當這兩個都決定之後……因為貝斯本身就是和聲的一部分，所以只要貝斯確定了，和聲也會跟著定了。**我接下來要講的是關於鋪陳的方式。我需要準備兩樣東西，『旋律』和『貝斯』。」
「嗯。都已經有了。」
「彩葉還記得上次怎麼做嗎？」
「咦？那個……貝斯用風格重組，再來是……對了，當時妳好像是說有了旋律和貝斯，就等於知道和聲裡的兩個音了，再想辦法找出第三個音就行了。」

「對，就是這樣。那這次再講深入一點，也來談一下『經過音』和『持續音』好了。」

「喔喔……這次有好多沒聽過的專有名詞耶！」

「想說機會難得嘛。差不多可以告訴妳們平常那些『憑感覺寫出來的東西』其實有名字。」

「喔？」

「不過，知道之後就會覺得沒什麼了不起啦！那我來說明吧。這個直接用眼睛看比較快。」

「好。」

小珠一邊說一邊操作電腦，螢幕上顯示出軟體的畫面。

「哦──！這就是『經過音』和『持續音』啊！」

「**並沒有規定一定要怎麼做不可，這只是配最低限度的和聲。主要是讓妳們知道也有這種配和聲的方法。這種配法好在哪裡呢？就算旋律的動態沒有一定規律，和聲也一定吻合旋律。如果先把和聲固定下來，旋律就沒辦法那麼自由了。但如果是刻意想讓聽眾聽『精彩和聲』，就算旋律失去自由度也不會有太大問題。**」

「哈哈──原來如此。老實說我之前配和聲都是憑感覺，這或許能給我一點方向。」

「作法可不是只有這一種喔！嗯，妳們就照這種感覺來試著配和聲吧。」

配和聲時基本該思考哪些事情

這裡介紹的是，「以旋律為最優先時的配和聲方法」。除此以外，也有優先考慮和聲再配上旋律的方法，這裡先介紹最常見的作法。

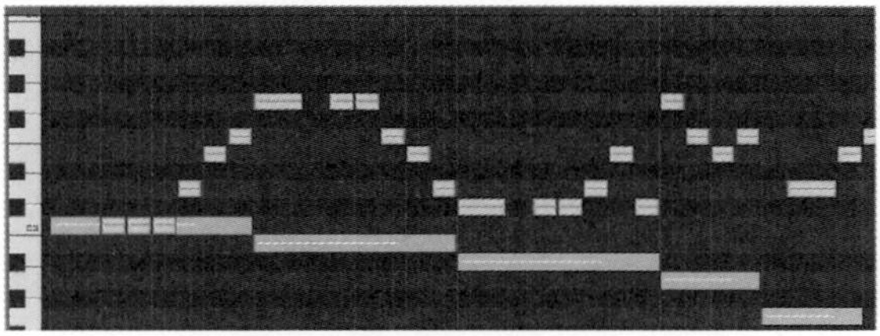
努力想出來的旋律
用即興作曲配的貝斯

- 先完成旋律和貝斯這兩項元素。
- 和聲的組成音（和弦內音）要從旋律裡面的音中挑選。
- 只出現短短一瞬間，不存在伴奏裡面的音就是「經過音」

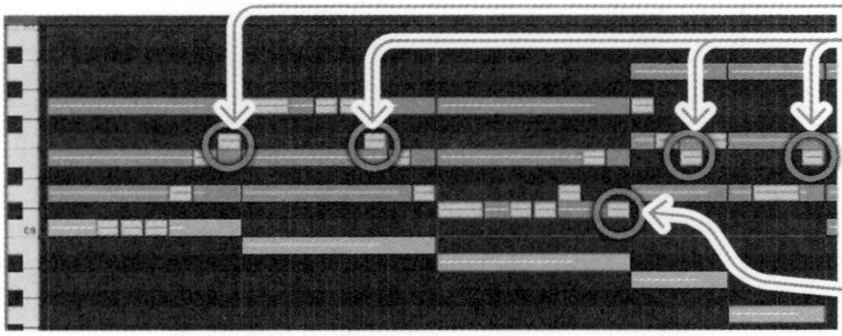
經過音基本上會是Do、Re、Mi、Fa、Sol、La、Si裡面的音。和聲也可以使用有#和♭的音。
比方說，這個音是特徵強烈的D♭
※不包含在C調裡的音。

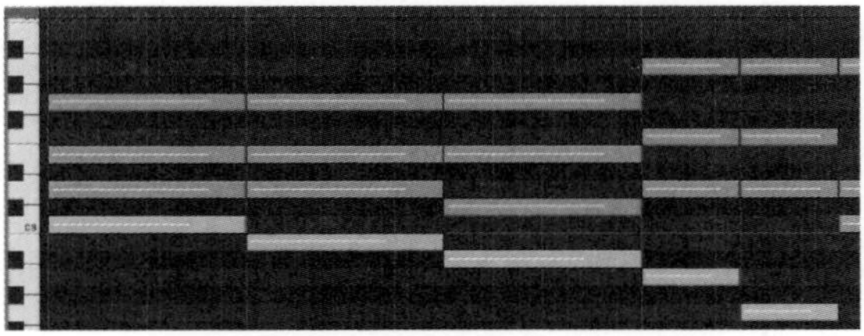

只看貝斯跟和聲是這種感覺。挑選和聲時，和前一小節相同的組成音要盡量直接延長（「持續音」），這樣聽起來就會很自然。

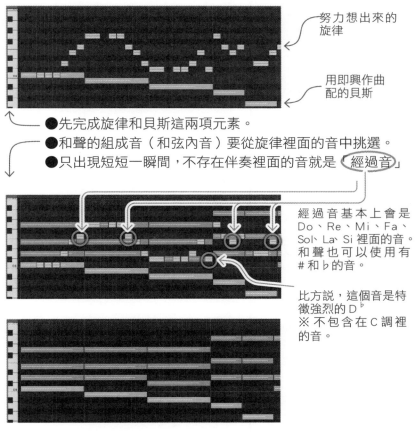

「嗯。小鶯，妳先試？」

「啊，可以嗎？我想試。」

「交給妳嘍。」

「……呼——原來如此，好像拼圖喔。」小鶯邊試邊喃喃自語。

——晚上七點　節奏

「完成了。珠美學姊……是這樣嗎？」

「就是這樣。和聲中的經過音和持續音都用得恰到好處。」

「累死我了。」

「我懂了！配和聲需要的不是靈感，而是毅力才對。」然後我接著問：「再來是什麼呢？鼓組嗎？」

「對。最後是鼓組。加上鼓組之後，就會瞬間變得很像一首曲了。」

「啊啊——我想起來了！加上鼓，聽起來就有『一首曲』的感覺呢！終於來到這一步了！」

「等、等等，彩葉，機會難得，這次我們再多做一件事吧。」

「？」

「在加鼓組之前，先回頭研究一下貝斯。」

「貝斯？貝斯不是已經決定好了嗎？應該說，和聲也配好了，要是現在動貝斯，不是很容易合不起來？」

「貝斯這種樂器呀，也是創造節奏的樂器喔。」

「……？」

語畢，小珠把螢幕上貝斯那一軌放大顯示。

「仔細看這個貝斯，會不會覺得有點單調？蹦、蹦、蹦蹦、蹦……」

「嗯。可是貝斯不就是這樣嗎？」

「不是喔。貝斯基本上算是打擊樂器。」

「……小珠，妳的話不會有點自相矛盾嗎？」

「沒有喔。**貝斯創造的節奏，可使曲子的律動產生爆炸性的變化。節奏可不是只有鼓組，和聲跟貝斯也都有節奏，特別是貝斯。**」

「喔？有點難想像耶。」

「比方說……」

小珠把貝斯那一軌「蹦——」地延長的音分割成好幾段。原本拉滿一小節的音被切成了八個音。

「妳們聽，會變成這樣……」

『蹦蹦蹦蹦蹦蹦蹦蹦』

音樂播完又接著說：「光是這樣就已經出現一點節奏了。我們像這樣調一下。」

然後她把這八個音，以間隔一個的方式選取出四個音，然後改變這四個音的音高。

『嗯蹦　嗯蹦　嗯蹦　嗯蹦』

「喔喔喔喔！很輕快又有躍動感!?」

「是不是?做法很單純。切成八個音，將每隔一個音的音高升高一個八度。就只是這樣而已。**改變分割音的方式和音高，貝斯就能表現出節奏分明的律動。貝斯真正的威力其實是發揮在這裡。**」

「唔哇——光貝斯就能做出很有『一首曲』的感覺了呢。明明根本還沒放鼓組呢。」

「就是。妳們也試看看吧。」

「這個好像很考驗個人品味耶。」

「沒錯。不過別擔心。彩葉心中已經有『想做成這種曲子』的方向了，所以只要做成妳想要的感覺就可以了。還有，和聲裡面的四和音，就是可以用在貝斯上的音，玩音程時要記住這一點。」

「原來如此！所以才會放到和聲後面做啊！有道理。」

切割音，改變音高……貝斯就慢慢愈像「真正的貝斯」了。雖然我完全不曉得貝斯的音高和動態該怎麼編排，就只是憑感覺，不過原來只要用這種方法就可以了呀。

……然後，過了一會兒，我修改完貝斯了。只有旋律、貝斯跟和聲，這首曲子就已經相當富有節奏性了。

「還沒加上鼓組，就很像一首曲了耶……」

「是啊。現在來加鼓組。」

「等好久了！」

「加鼓組時要配合貝斯的律動。」

「喔，也就是說，貝斯已經很有節奏感了，再用鼓組加強？」

「沒錯。**當鼓組和貝斯彼此合作時，曲子律動會強烈到令人無法抵抗。**試著用之前教妳的方法，加進能與貝斯相輔相成的鼓組。這樣一來，曲子就大功告成了！」

——晚上八點　晚餐時間

「小珠，我們晚餐吃什麼呢？」

「當然是吃這個啊。」
「披薩……我第一次吃外送披薩呢。」
「真的嗎？」
「我家偶爾會做披薩（但這看起來好美味）。」
「什麼！鶯，妳家人會做披薩!?」
「啊，對。不過我一直很想吃吃看外送披薩。好開心如願以償了。」
「哦哦！剛好今天點的都是超級好吃的口味喔！照燒雞肉和美乃滋馬鈴薯的雙拼披薩！是我的最愛！快！披薩一定要趁熱吃！趕快吃吧！冷了就不好吃！」
「好！我開動了！」
「『開動——』」

啊，怎麼那麼好吃！吃一輩子都不會膩。……這場景讓我想到去年。
「好像愈來愈有作曲夜宿營的感覺。」
「真的耶。不過，我們好像可以比原本預估的時間提早完成耶。」
「是啊。還剩下什麼呢？」
「細修收尾吧。還有加上前奏和尾奏。」
「對耶，上次也是這樣。就算把這些作業時間算進去，還剩很多時間吧。我已經抱著熬夜的覺悟了！」

「那，要玩遊戲嗎？」

「啊——遊戲!?什麼遊戲咧？」

「鶯，妳有想做的事嗎？」

「我嗎？我……我想想……」

「沒關係。妳一邊吃一邊想吧。」

「小珠，幫我拿可樂。」

「好。」

「……我想跟學姊們一起做兩位想做的事。」

「喔，這樣呀。哈哈。鶯，很像妳會說的話！」

「我們想做的事嗎？那要做什麼咧。……哎呀，話說，塞了這麼多東西還能整合起來，真不容易呢！」

「而且這次可是百分之百原創喔。是不是很有成就感？」

「我開始期待在中庭表演這首歌了！」

「哈哈。彩葉已經開始幻想了！」

「喔！對了，是歌……的話，就要有人唱吧？」

「彩葉唱吧？」

「？」

「彩葉學姊，不是妳唱嗎？」

「我？」

……加上歌聲就很有 live band 的感覺呢。雖然我曾經夢過自己站在中庭獻唱，但唱歌不是那麼容易的事吧？於是，停頓片刻，我再次開口。

「那個……誰來唱好呢？」

「鶯，妳想聽彩葉學姊唱歌對吧？」

「想聽。」

「唔哇——！救命！我不行啦!?」

「我知道很難啊，而且要站在舞台中央演唱！」

「小鶯，妳要不要唱？」

「絕對沒辦法。我可能會暈倒。」

「那，小珠，妳唱啦！妳很會唱啊！」

「不、行——彩葉是作曲社社長，我和鶯只接受社長親自來唱。」

「彩葉學姊，好嘛、好嘛。」

「等一下！小鶯！妳不要用那種溫柔眼神看我！」

「學姊不喜歡唱歌嗎？」

「喜歡是喜歡，只是我沒嘗試過在中庭演唱啊!?」

「彩葉，照妳的青春計畫執行，該怎麼做好呢？」

「唔……那個……」

我瞬間被小珠說服了。的確，應該是我站在主唱的位置唱歌。事情如果順利的話就能留下美好回憶，可是，我可從沒說過要真的那樣做……

「鶯，太遺憾了，彩葉學姊說她不唱。」

「……？」

「啊，欸（我看向小珠的臉）。」

「好——那我唱吧！」

「？」

咦……小珠要唱？

「呃……哦……小珠唱嗎？太……太好了。」

「咳咳！哎呀——不就是唱歌嘛。鶯，我來唱可以嗎？」

「當然。想聽珠美學姊唱。」

「等一下！小鶯!?」

咦咦!?小鶯這話也轉太快了，剛才還說想聽我唱……

「哎呀呀——那我得勤加練習了，為即將到來的大日子好好準備。一定很好玩吧，畢竟是大家一起努力完成的歌曲！啊——我來唱總覺得有點不好意思。」
「小珠，等一下！我還是想唱！」
「OK！就讓彩葉唱！鶯，沒問題吧？」
「哇！彩葉學姊要唱歌了。」
「啊!?咦!?什麼!?小珠!?」
……啊——我中計了！
「怎麼了嗎？」
「沒事。唱就唱！」
「恭喜妳當上主唱！」
「真期待當天的演出。」
「不過，我現在還沒辦法邊彈邊唱，這次讓我專心彈可以嗎？之後有機會一定唱！」
「好。就這麼辦。」

＊～＊～＊～＊～＊～＊～＊

吃完披薩後，我們稍作休息，享受悠哉的時光。小珠的媽媽端來加了鮮奶油和新鮮草莓的銅鑼燒，讓我們搭配咖啡或紅茶一起享用。小珠打破寧靜說道。

「順便先跟妳們確定一下，中庭演出想怎麼進行呢？」

「妳的意思是，要彈什麼樂器嗎？」

「對。總不會只是現場播放我們寫的曲吧!?」

「當然，那可是現場演出耶！我剛有說我要彈肩背式鍵盤。反倒是妳，妳想用哪個樂器？」

「嗯……哪個樂器好呢？」

「話說，小珠，妳會哪些樂器啊？」

「如果不用到專業程度的話，大致上都會。」

「什麼叫不用到專業程度？」

「啊哈哈。因為我時常看專業樂手演奏，耳濡目染就會一點了啊。」

「……拜託，妳的等級太高了，完全超出我可以理解的範圍，真厲害。」

「完全不厲害啦。」

「好！那，妳們跟我來一下這邊。」

「這邊？」

小珠走出房間，朝我們招手，然後打開她房間隔壁的房門，開啟裡面的電燈。房內是……

「『？』」

「哇！！這些都是樂器嗎⁉……太、驚、人、了！有打擊樂器、音箱……咦，這是什麼？」

「這些都是我收集來的二手樂器。」

這間房間看起來十分寬敞，到處堆滿了箱型樂器盒。有些樂器還沒收到盒裡。有外觀像是吉他的民族樂器，……這是什麼樂器？曼波鼓？還是康加鼓？還有看起來像整套鼓的東西、日本傳統樂器、幾台電子琴……除此之外，這些是電音器材吧？哇……這一大堆密密麻麻的線。……房間最神祕的地方是位於角落的小包廂。這樣說可能很難想像，在房內還有一扇門，這扇門的裡面難道是隔音艙？

小珠邊說邊跟我們介紹隔音艙：「這裡是我的遊戲間。在隔音艙裡，我愛彈到幾點都不用怕吵到鄰居。妳們可以挑喜歡的樂器到裡面彈看看。」

「唔哇——妳家還有這種空間啊！太令人羨慕了。」

「我們家是獨棟住宅，蓋一間隔音艙就不用擔心吵到鄰居安寧。」

「在裡面是這種感覺啊？怎麼覺得講話聲音變得比較小？」

「這是因為牆壁上貼了吸音板。對了，鶯……」

「嗯？」

「妳會吹這個嗎？」

小珠從堆得亂七八糟的樂器山中，拿出一個長型小箱子，從裡面取出不知名的白色樂器交到小鶯手上。

「這個是 Venova 嗎？」

「哦。妳知道啊。它的聲音剛好介於薩克斯風和單簧管之間。要不要用這個樂器來表演？」

不等小鶯回話，我便插話：「咦——？那是什麼！」

「這是 YAMAHA 開發的輕型管樂器。在薩克斯風樂手的圈子裡掀起很熱烈的討論。體型小、設計可愛，不過它的聲音很響亮喔。」

「小鶯，妳試一下！」

「好。珠美學姊，可以用這個簧片嗎？」

「請。」

隔音艙裡面寬敞到足以容納我們三個。搞不好也可以在這裡排練。

「但我只會吹有背譜的曲子……這個指法長什麼樣呢？」

「指法跟直笛一樣。」

「喔。那應該沒問題。我開始了喔。」

然後，小鶯吹起白色的輕型管樂器 Venova。小鶯原本給人的印象總是畏畏縮縮，但拿起樂器吹奏時的身影卻像是變了個人，非常動人可愛。很適合她。這就是她以前在管樂社的模樣嗎？

Venova的音色像薩克斯風，但再柔和一點，再乾一點，搭上小鶯溫和的詮釋，流瀉出醇厚的樂音。

「欸，厲害。」

「喔喔喔，吹得很好啊！」

「這是哪首？很好聽耶。」

「這首曲叫作〈OMENS OF LOVE〉，是T-Square的名曲之一。」

「我雖然沒聽過，但的確是好曲子。」

「……那個……大概就是這種感覺。」

「哦——（拍手！）很厲害耶！不愧是管樂社！」

「妳知道OMENS？我以為妳不會喜歡Fusion。」

「啊，OMENS有管樂編制的版本，單簧管的樂句難吹到簡直是地獄等級，所以吹單簧管的人一定不會忘記OMENS。」

「哦——妳吹一下那個困難的地方來聽聽看。」

「啊……困難的地方嗎？……有節拍器嗎？」

「啊啊，有。」

「謝謝。……拍子……大概是這樣吧。我試試看喔。」

語畢，小鶯集中精神，露出認真神情，在正確的節拍下吹起樂句。……咦？起初很有旋律性，但後面愈來愈奇怪。忽然變得很快。咦咦!?唔哇，人類竟然可以吹這麼快！快到有如突然颳起一陣風。難得看見小鶯投注全身心在吹奏的一面。我想我絕對模仿不來。

「喔喔喔——鶯，很不錯耶！這個快速段落真的有夠快！」

「用 Venova 吹感覺果然不太一樣……不過，比我原本想的還順利。」

「哎呀呀，吹得很好耶。跟我想的一樣，小鶯以前是王牌吧？」

「我怎麼可能是王牌。比賽徵選也是很勉強才擠進，我吹得很普通。」

「這樣算普通!?管樂社的水準這麼高嗎!?」

「只要多練習，這種程度應該誰都吹得出來。如果是彩葉學姊，一定可以吹得比我好。」

「小鶯，我應該沒辦法啦。妳要對自己有信心。」

「我很少被人稱讚，而且老是扯大家後腿。」

「我覺得妳很棒！是說，小珠平常聽慣專業樂手的演奏，聽她說更有說服力。」

「嗯，就是管樂社該有的程度，不過的確吹得很好。中庭演出只要稍微練一下就沒問題了。」

「這下子我和小鶯的樂器都決定了呢！小珠，妳要選什麼樂器？」

「選什麼好呢？既然會放伴奏，那麼想用哪種樂器都可以。我要選什麼咧？貝斯也不錯，吉他也很好。彩葉彈電子琴了，就跳過……喔，還有鼓。但沒辦法搬鼓到學校吧。」

「小珠，妳連鼓都會打嗎？」
「會一點。但不是整套鼓，只是小軍鼓而已。」
「打一下、打一下！是什麼感覺啊？」
「喔。那我稍微獻醜一下。」
小珠從那堆樂器山中取出一個圓筒狀、白色巨大的鼓，裝在鼓架上。只有一顆鼓？
「……有點久沒碰了。我試試看喔。」

然後，小珠打起鼓。她用鼓棒敲擊鼓面，一下子拋擲鼓棒，一下子換手，雙手動作快如閃電，根本就是一人馬戲團。從鼓傳來「噠咖噠咖噠咖」鏗鏘有力的聲響。最後，小珠將鼓棒拋向天花板，再接住，結束了這場鼓藝表演。

「……哇（拍手）。小珠為什麼打得那麼好？」
「啊哈哈。鶯應該知道這個樂器吧？」
「知道。我朋友很會打……」
（小珠這樣的程度算是普通嗎？）
小鶯停頓一下又接著說：「珠美學姊剛才也有用到我朋友擅長的技巧，不過呀，普通應該是不會打才對。而且，還出現許多我沒見過的技術……」

「啊哈哈。其實我有稍微玩過一陣子。以前在美國的時候。」

「！」

我愣住了。小珠去過美國？

「竟然能如此輕描淡寫地說出令我很震驚的事……沒聽妳提過。」

「原來我沒講過啊。有原因啦。我高一暑假都待在美國。」

「……啊啊，我想起來了。我們第一次碰面時，妳就突然說起英文。」

「喔喔，妳竟然還記得。對，我也是那時學會一點英文。」

……一個高中生整個暑假都待在美國做什麼呢？

「美國有一個 Drum Corps International，簡稱 DCI，類似小軍鼓世界大賽的活動，我以候補身分參加 DCI 的巡迴。在草地上行進，一邊擺隊形一邊演奏。小軍鼓真的很棒！」

「……小鶯，妳會不會也覺得小珠不是普通的高中生？」

「嗯。珠美學姊很特別。」

小珠剛才那段演奏到底有多厲害，憑我是沒辦法判斷，但從小鶯的反應來看，應該是超出了高中生的程度。

「不過，我要是只敲小鼓，這樣的編制也有點太奇特了。啊！不如我玩這個好了。」

小珠隨即取出一塊大板子，上面有許多可敲擊的圓形凸起物，外觀很像遊樂場的鼓。

「這是 YAMAHA 的攜帶式電子鼓 DD－75。比標準的鼓組輕便，只是想稍微練習一下的話，打起來就很爽快，算是好玩的玩具。但我偶爾也會用來配樂，是足以應付實戰等級的優秀產品。」

「這是鼓？」

「不如裝起來好了。這個樂器很好玩喔。」

小珠裝好 DD－75 後，我也嘗試打打看。真的很好玩，可以發出各式各樣的聲音。

「如果裝上踏板，還可以發出大鼓的聲音。那我就用這個吧。」

「好耶！視覺上很協調呢！我彈肩背式鍵盤，小鶯吹 Venova，小珠打電子鼓！好像樂團喔！」

「哈哈，但以樂團來說，算是相當奇特的編制。」

「太酷了！愈來愈有趣了！我們來討論一下怎麼合奏。作曲社的第一首歌終於就快要完成了呢！」

——午夜十二點　洗完澡

「呼——洗完澡真舒服，小珠家的浴室好大。小珠換妳洗。」

「啊，一定要洗嗎？」

「沒，隨妳高興……是不想洗嗎？」

「好麻煩嘛。」

「但每次洗完澡後都不會後悔幹嘛洗澡，對吧？」

「嗯。就是這樣啊。洗澡有夠麻煩的，但洗完後又會慶幸自己有洗。」

「彩葉學姊，我跟珠美學姊加了很多東西進去。」

「喔！我要聽、我要聽！」

「那我還是去洗好了。唔啊——洗澡真的好麻煩！」

「快去吧。……喔喔！真的多了很多東西耶！雖然不知道妳們是加了哪些東西，但整體變得很豐富耶！」

「對啊。大成功呢。」

「哎呀——說來慚愧，自己寫就沒辦法順利完成，但只要小珠從旁協助，一定能好好收尾呢。」

「彩葉學姊，妳跟珠美學姊從小就認識嗎？」

「不是，我跟小珠是最近才變熟。對耶，好像不到半年。哇，感覺上我跟小珠玩在一起至少有兩年左右了耶。」

「不到半年!?但妳們看上去很要好……」

「班上也有比較熟的同學，但現在常跟小珠玩在一起。」

「……好像都會這樣耶。認識時間多久一點也不重要，在一起做了哪些事情才是值得一輩子珍藏的友情回憶。」

「我也是這樣認為……剛才說的那個朋友，我跟她以前是同班又同一個社團，我們一起做過好多事，感覺上已經認識好久了。」

「嗯。」

「不過，妳們也給我這種感覺呢，感覺認識妳們已經有半年以上。很奇怪吧？」

「半年嗎!?我感覺是認識一個月了，不過實際上還不到兩個禮拜。哇——這段時間過得太充實了。」

「對。非常充實。」

……經小鶯一提醒，我才想起最開始我遇見小珠，到我們作完曲，其實只過了一個寒假，僅僅是十四天內發生的事。彼此真心誠意對待比認識多久還重要。

「戀愛或許也是這樣吧。可能一秒就喜歡上對方，也可能花了三年時間相處才日久生情。」

「說的也是耶。……哦？戀愛？小鶯，妳最近戀愛了嗎？」

「咦？咦咦!?沒有！完全沒有！」

「哦哦——那國中呢？」

「也沒有！」

「不過應該有機會吧？管樂社也有男生啊，雖然不多。」

「對。管樂社有男生……而且很有氣質喔。該怎麼說呢，就像是達文西畫中手拿小喇叭的天使。」

「呵——呵呵，然後呢、然後呢？」

「咦？什麼然後？什麼都沒有，真的啦。」

「哎呀呀。真令人羨慕啊。好青春喔。」

「當時才國中而已……不過，社團裡的確有女生喜歡那個男生。那個女生也吹小喇叭，為了掩飾害羞刻意擺出冷淡的態度，心裡頭卻一直為這件事苦惱。據我所知好像沒能向對方表達自己的心意。」

「啊——！酸酸甜甜！果然是戀愛的滋味。」

「……噗。」

「小鶯？」

「彩葉學姊，妳有初戀嗎？」

「喔。啊。妳說什麼我怎麼忽然聽不見了。」

「接下來輪到學姊了喔。」

「嗯？在我印象中真的沒有。我沒有類似的經驗啦。很奇怪嗎？」

「啊，太奸詐了。」

「話說回來，小鶯，妳剛才是講妳朋友的事，那妳自己呢？」

「我投降。對不起我錯了。」

「啊哈哈哈！我們還是放棄這個話題吧！」

其實，像這樣和學妹閒聊，是我人生第一次經驗。……我的天啊。最近一直處於十分感動的狀態，但太害羞了，說不出口。

「……好期待演奏這首曲喔。」

「真的。差不多該來認真準備了。」

「遵命。……那個……我一直很想問……歌詞是在講我的事嗎？」

「嗯。小鶯，歌名就是妳寫在信中的那句話。……不過呀，這也是我一直在想的事情，也是我透過作曲所了解到的最重要的事情。」

「嗯。」

「正因為如此，我希望我們三人一起完成。我跟妳，還有小珠，三人一起。」

「我覺得這樣很棒。」

「不過呢……」

「？」

我思考著眼前遇到的一個問題。

「我彈不好啊！妳們兩個已經很好了……」

「但我覺得妳一定沒問題……？」

「我現在稍微可以憑感覺彈點東西了，但沒有把握把譜記熟。我可以嗎？有點不安。」

「沒問題啦。如果是彩葉學姊，一下子就會抓到訣竅了。」

「可是……彈奏樂器不是那麼容易。」

「那，要現在彈彈看嗎？」

「咦？」

小鶯無預警地突然播起曲子，然後，把肩背式鍵盤拿給我。

「請。」

「欸，什麼——！唔哇，要開始了！」

我手忙腳亂地把樂器背上肩，勉強趕上A段主歌的旋律直接就開始彈了。……喔？意外地可以跟上耶？至少順著旋律彈還算應付得來？啊，彈錯了。啊——這裡有點難。嗯？不過，我好像抓到訣竅了喔？像這裡雖然有用黑鍵，但我大概知道怎麼回事了。

「彩葉學姊，上次……」

「抱歉，先不要跟我講話！我沒辦法分心！」

我打斷小鶯的話，繼續跟著曲子彈下去。

「啊！轉調了？這是哪個音啊！咦——這裡是什麼調!?啊啊，小珠好像說是D？嗯，是D吧！如果是D……好！啊……」

儘管撞牆撞得滿頭包，但至少旋律大致上都彈出來了。好像真的可以，我搞不好還沒有爛到無可救藥的地步。……不過真不可思議耶，我平常明明也沒有特別練習。

「學姊果然很厲害，不看譜還能彈呢。」

「沒有啦！我彈錯一大堆地方，不過抓到一點感覺了。」

「彩葉學姊現在做的事，是我和管樂社的大部分社員都做不到的……」

「真的嗎？」

「妳已經會十二個調的指法了嗎？」

「喔，那個啊，小珠叫我要『每天各練一次』呢，所以我平常就會練習……小珠只要求我這件事，這樣很厲害嗎？」

「對。有些人就算吹了三年的管樂，也沒辦法正確吹出十二個調。包括我也是。而且大概也有人根本不曉得十二個調的概念。」

「真的嗎？」

「應該說，吹奏時不太會注意調。畢竟只要照著譜，就能吹出樂曲，但並不了解背後的原理。」

「是喔！……這樣說來，樂譜還真是非常了不起的東西，不是嗎？」

「對啊。就算不了解音樂的理論，只要有譜就可以演奏。……以前演奏時什麼都沒想，就像只是按照編號順序畫線，就能畫出一幅畫的感覺吧。」

「那是什麼？」

「啊，以前不是很流行嗎？從一號到一百號，只要按照順序把數字用線連接起來，最後就會畫出一幅畫。」

「啊！好懷念喔。是耶。」

「我以前就像那樣，只是按照樂譜吹出音符，聽起來當然很生硬。當時覺得這樣也無所謂，什麼作曲家想訴說的情感，還是演奏者如何解讀詮釋，都不關我的事。現在想想，說不定作曲家是希望我把線條畫得再更圓滑、更漂亮一點。」

「嗯。不過，妳剛才吹 Venova 就很厲害喔！」

「謝謝。只要經過訓練，那種程度很容易做到。」

我和小鶯正聊起勁時，房門開了。

「呼——洗完澡真舒服！我完全無法理解為什麼大家會不想洗澡！」

「妳洗好啦。這句話請務必講給去洗澡前的妳聽。」

「但我馬上就會忘了。明天大概還是會唉唉叫著不想洗吧。」

「啊哈哈，說的也是，八成就是這樣。」

我倆相視而笑。小珠像想起什麼似的問：「對了，我剛才好像聽到有人在彈琴？」

「聲音傳到浴室了嗎？」

「在洗手台那裡。很不錯啊。既然要在人前演奏，再多練一下會更好。」

「嗯，我會緊鑼密鼓的加強練習。我現在就好想練習。」

「要嗎？」

「咦？現在？」

「夜晚不是才剛開始嗎？別忘了我家有隔音艙啊。」

「……說的也是耶！」

……直到睡意襲來之前，我們一直練習彈這首曲，有時稍微更動一些細節再繼續彈，有時也會反覆彈同一個樂句好多次。

平常似乎很準時睡覺的小鶯，在午夜兩點終於撐不住，竟然坐著睡著了，於是我和小珠合力把她搬上床。小珠打算惡作劇在她臉上寫字，但被我阻止了。我們的第二次作曲夜宿營，在迎接晨曦升起時畫下句點。

集訓到此結束。

第十一話

兩小時作曲

「我已經跟妳講過很多次了吧?山波,要有指導老師才能成立社團喔。」
「呃……那個……找不到指導老師……」
「那妳就死心吧。」
「那個……我們不會做危險的事,也會降低音量,所以……」
「這是規定。」
「一定要有指導老師嗎?」
「對。請先找到指導老師。」
「可是……老師們很忙……都拒絕我了。」
「那就沒辦法了。」
「……好吧。」
「還有,馬上就要考試了。高三學生大多會在這時退社,之後就要專心準備考試。妳若是想參加社團,加入管樂社或合唱團也可以啊?高三了才想創新的社團,到底想做什麼呢?」
「……您說的對。」

走出辦公室時,我的腳步非常沉重。不由得有點想哭。老師為什麼要說那種話?……或許我想做的事聽起來很不切實際,可是老師只要幫個忙就好,不是嗎?介紹個指導老師也好啊,難道老師對我有什麼不滿嗎?

錢瀉老師是我的班導，在學校也算是相當頑固的一位老師，體格魁梧，生起氣來很恐怖。他也是少林寺社的指導老師，聽說我們學校的少林寺社很強，所以我以為他很支持學生參與社團活動，但看來並非如此。

「他也不用把話說得那麼難聽吧……」

想在中庭表演有什麼錯？只是活動時的音量較大，需要經過學校同意，對吧？

——根據小道消息，似乎是因為去年校慶有學長姊惹事，所以學校才會要求即使只是校內活動也要有指導老師從旁監督。聽說好像是燒了吉他還是怎樣，甚至差點引發火災呢。到底為什麼要燒吉他？真是害人不淺。

~~*~*~*~*~*

「不中庭演出了嗎!?」

「為什麼？」

放學後，我們跟平常一樣聚集在教室裡，我把今天的事跟她們說了。

「不是不做，而是沒辦法做。任憑我怎麼拜託，老師還是以『沒有指導老師』的理由拒絕我。」

「妳有去問其他老師嗎？難道就沒有有空的老師？」

「嗯。其實我已經婉轉問過幾位老師了，都說很忙沒空。」

「嗯，原來如此。我大概知道怎麼回事了。」

「……學生都主動說想做了，為什麼不能幫忙呢？真無情。」

「好啦，我懂妳的心情，但這個問題說不定有點棘手，彩葉。」

「？」

「妳對老師期待太高了。」

「有嗎？」

「畢竟老師也是普通上班族啊。不是每個老師都願意挪用自己寶貴的時間來指導社團活動。」

「可是，不是有社團活動津貼嗎？」

「就算有津貼，估計也沒有多少錢。」

「……原來如此。」

「再說，老師也是人，課餘之外也需要休息。就算老師優先顧及自身的需求，那也很合情合理吧？」

「是啦，妳說的沒錯。……可是，至少可以幫忙介紹老師呀……」

「因為沒有老師想接下妳這個燙手山芋，推來推去也不好看吧。抱怨老師不幫忙是我們太任性，找其他辦法吧。反正不在中庭也可以表演啊。」

「……可是，我……嗯，好吧。小珠說得對。」

我重新整理心情，讓自己振作起來，卻忽略了小鶯。小鶯失望的表情就寫在臉上，還不想放棄地問道。

「中庭演出……真的沒辦法嗎？」

「我也很想，但很抱歉，小鶯。」

我明白學校有學校的規定。沒有指導老師從旁督導，要是發生什麼意外，誰應該負責？……我理解，但我們不會惹事生非，我也願意扛下所有責任，難道這樣也不行嗎？喔，因為我們未成年嗎？啊，真無奈。

明白歸明白，但心裡還是會不滿。唉，執意要按照自己的計畫進行，就說明我的精神層面還很幼稚嗎？……現在該怎麼做才好？怎麼做才能實現我想做的事呢？

「不要沮喪啦！老師又不是不准我們玩音樂，只是沒有指導老師就不讓我們在中庭表演而已，不是嗎？還有其他辦法啊。」

「可是，我……」

那天的夢境依然深深縈繞在我的腦海，揮之不去。叫我怎麼死了這條心……

「……沒事。嗯，不能在中庭，在學校附近的公園也可以吧。」

「那可能需要事先申請什麼許可喔。」

「天吶，辦個音樂活動真不容易耶。」

「就是啊！」

小珠或許是想幫我打氣，她把平常戴的玩偶帽子戴到我頭上，對我說：「像是慶典活動之類的地方，或許有可能？我會找找看有沒有主辦單位在找表演者，或者看看有沒有管道。所以，妳振作一點！怎麼樣？聽起來很有趣吧？」

「嗯。謝謝。不過，下次再說吧。」

「嗯……妳沒事吧？」

啊啊——我今天充滿負能量。她們兩個都顯得不知所措。這樣不行。我不能這副要死不活的樣子。不可以讓她們擔心。

「嗯。反正只要持續找表演的機會，有天一定可以上台表演。」

「嗯！一定可以！大概……」

「好！今天要更盡興地玩音樂！（小鶯若有所思的樣子）小鶯……？」

「啊，不好意思。彩葉學姊，珠美學姊，我今天有重要的事，想先離開。」

「這樣啊？」

「不好意思……」

「喔，好喔！明天見，鶯！」

「嗯，路上小心。明天見。」

「不好意思，那就明天見……」

小鶯就這樣忽然告退。這種情況之前好像也發生過一次？……可是小鶯的煩惱不是已經……還是有別的什麼事嗎？或許純粹是我想太多？

「彩葉？彩葉！妳是不是又想太多了？臨時有事很正常啊。」

「可能吧。不過，她剛才看起來心事重重……」

「如果她真的有煩惱，就會來找我們商量吧？」

「……也對。我好像太擔心了。」

「這是妳的優點啊。不過，如果她沒找我們商量，就代表我們不是鶯最理想的商量對象。這不是我們可以主動探聽的事。」

「嗯。」

小珠有天真無邪的一面，有時就像幼兒園小朋友。可是，每當這種時候卻又能不經意說出一些很有道理的話，會讓我體認到自己的不足。小珠可以在半大人和大人、小朋友之間自由切換，保有童真、卻想法成熟。我果然還是小孩。自己想做的事不能如願時，就會立刻氣到火冒三丈。

「兩小時作曲」的玩法

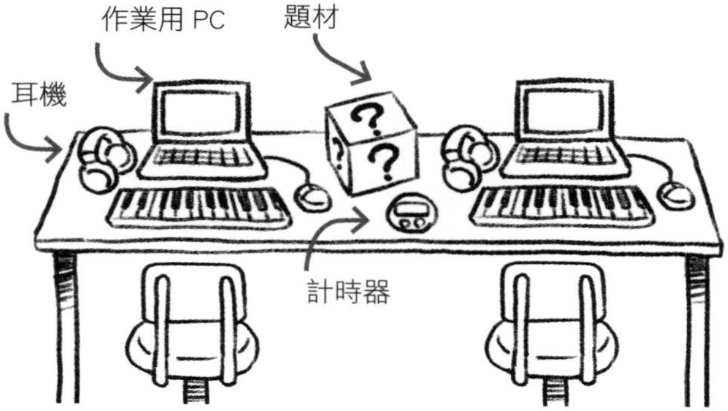

【事前準備的物品】

・若是兩人以上對戰，作業用的器材規格最好相同。一個人玩的話，則器材不限。

・題材

・計時器

・耳機

【規則】

・構思時間 30 分鐘

・用剩下的一個半小時完成

・樂曲長度在 1 分鐘以上

・使用什麼音源於討論後決定（如果要加上限制，就限定音源）

・時間到後，輪流聽各自完成的樂曲並發表感想

【享受遊戲的小訣竅】

這個遊戲是考驗參與者在規定的時間內，能在細節上下多少功夫。目的是鼓勵參與者勇於挑戰嘗試一些有趣的作法。

題材可以是「漫畫裡的一個場景」、「有趣的影片」、「文章」或「詩」、「新聞」……，也可以是一張插圖，或喜歡的點心等等。各種能激發思考「配上怎麼樣的音樂會很有意思呢？」的事物都可以成為題材。

「那我們今天要做什麼呢？小珠。」
「今天呀，我想玩很刺激的作曲遊戲。」
「哦——！像 Jingle Game 嗎？那個很好玩耶！」
「呵呵。這次要玩的遊戲，叫作『兩小時作曲』。很有挑戰性喔。」
「『兩小時作曲』！在兩小時內寫完一首曲嗎？」
「沒錯。」
「不可能啦，小珠。我還很菜鳥耶。」
「不試試看怎麼知道咧？其實兩個小時剛剛好。」
「剛剛好？」
「放學集合到學校關門不是正好兩小時？每次都可以玩這個遊戲呢。」
「這一點倒是真的……很適合作為作曲社的固定活動！」
「對吧！所以，總之先試看看行不行得通吧。很好玩喔。」
「應該會很好玩……吧？我有不太妙的預感。」
……Jingle Game 的體驗的確很成功，但要寫一首完整的曲，又是另外一回事。

「好，我把兩小時作曲的具體規則都寫出來，妳先看這個。」

「……什麼？實際上只有一個半小時!?」

「對。」

「這樣真的沒辦法！不可能啦！」

「試試看嘛。」

「唔……好吧，都說要試試看了。」

「需要的東西已經準備好了。這個！計時器。」

「（我看著小珠寫的內容）這個『題材』是什麼？」

「比方說就是這個。」

小珠從書包裡掏出一本漫畫。

「妳知道《大猩猩吉他青春白皮書》嗎？講女子樂團的漫畫，很好看喔。」

「小珠──！原來妳也有看啊！我超級喜歡耶！」

「喔喔，妳有看過嗎？這樣的話，解釋起來就輕鬆多了。這次的題材，正是這本！」

「……喔喔。」

「替這本漫畫裡的一個場景配上音樂！」

「好像很好玩！不過這個很難耶，小珠!?」

「但妳現在已經有 idea 了吧？」

「嗯。我想到這一幕可以配上那種音樂……」

「那就是知道要怎麼做了啊！」

「還是不行啦。太難了，雖然感覺很好玩……」

「妳已經懂個中樂趣了啊。」

「原來如此。很多場景也都很棒，……要選哪個好呢？」

「蘭第一次去熱門音樂社，看見社團辦公室的前面變成叢林的那一幕，如何？」

「那一幕的確令人印象深刻。社長對蘭說『讓我見識妳的決心（大猩猩）』……蘭終於覺醒的那一幕，有打動到我。」

「『和又多尾高中熱門音樂社槓上』也是熱血澎湃的勝負之爭呢。」

「畢竟是豹和猩猩宿命的對決嘛，那一幕太熱血了！我入迷到激動地站起來雙手搥胸呢。很怕叢林會被搶走！」

「我懂、我懂！那，先來決定要用哪一個場景吧。差不多可以幫四頁到八頁的篇幅配音樂。」

「喔喔，那真的是只有一個場景而已耶。」

——討論過後，我們選「蘭第一次去熱門音樂社，看見社團辦公室的前面變成叢林的場景」。

在這個場景中，外表神似大猩猩的高中生——鄉里蘭，正在思考要加入哪個社團。忽然間聽見上方傳來神祕的聲音，她循著聲音傳來的方向走去，看見樓梯和轉彎處的平台變成密密麻麻長滿植物的叢林。她眨了一下眼睛，眼前又變回正常的樓梯，於是她疑惑地心想，剛剛那是幻覺嗎？……我們要幫這一幕配上音樂。

「這時的蘭還不曉得即將降臨到自己身上的命運呢。」

「是啊。」

「好！那我們趕緊開始吧！」

「嗯！拚了！」

「計時開始！」

「小珠，一開始的三十分鐘是構思時間對吧？」

「對。這段時間要用來思考，也可以邊看這部漫畫邊構思。雖然正式作曲時也可以看，但很浪費時間。」

「啊，那，我現在看！」

「嗯。」

我拿起單行本，重看了一次那一段。要幫這個場景配上音樂的話，音樂開頭還是平淡安靜一點比較好吧。就是蘭走在學校走廊上，耳朵忽然發出類似耳鳴般的雜音，好像有人正在低喃地：「回來吧」。前方瀰漫著一股極其危險的氛圍，有什麼正蓄勢待發的感覺。伴隨著叩叩叩叩的腳步聲，她繼續往前走，室內鞋嗶地融化了。但蘭絲毫沒有停下腳步，轉身看向樓梯間的平台，那頭完全就是一座叢林。這裡的配樂想要很多打擊樂器乒乓乓地響。不過呀，該怎麼才能編出像大猩猩吼叫的打擊樂器咧？還想放很多曼波鼓那樣的聲音進去。先充滿魄力轟——地炸開，然後又彷彿什麼都沒發生過似地瞬間歸於平靜。啊啊！好像可以做出很不錯的段落耶!?是不是很棒!?

「也給我看一下可以嗎？」

「啊，請。」

我把單行本拿給小珠，在腦中慢慢架構出音樂的雛形。然後——

嗶嗶嗶嗶嗶嗶嗶！

「三十分鐘到了嗎？」

「好，開始作曲！計時——開始！」

小珠重新在計時器上設了一個半小時。我們面對面坐著，各自緊盯著自己面前的筆記型電腦。如果被人看見，可能會好奇這兩人戴著耳機在做什麼？儘管我做出來的東西不可能贏過小珠，但無所謂。我要在一個半小時內，把剛才構思的畫面化為音符。

長度要在一分鐘以上是吧？這樣的話，每一幕要給多少時間呢？一開始安靜的地方差不多十秒？然後聽到耳鳴聲的部分也是十秒，再花時間讓氛圍變得詭譎恐怖，這樣一來，慢慢向前走，轉身看向樓梯平台的那一瞬間，大概會落在第四十秒左右？然後，看見叢林嚇了一大跳，轉眼間叢林消失又變回平日的校園一景。包括震驚後的餘韻，長度大概正好一分鐘。可以耶。感覺要做什麼都非常明確了。

……首先，日常的配樂會是什麼感覺？可以用上 Jingle Game 的方法，就像是把好幾段十秒的短旋律組合起來。……一開始只要鋼琴的聲音，若有似無很安靜。然後，聽到耳鳴聲……這裡要尖，應該是小提琴之類的音色吧？是叫作 strings 嗎？把這個音色像這樣唧——地拉長，就是這樣……啊啊，不過好像再尖銳一點更好。然後醞釀怪異的氛圍……漸漸變陰深恐怖……咦？恐怖感要怎樣做啊？

我嘗試做了幾個，但感覺都不太對。明明是想營造恐怖氣氛，卻一點也不恐怖。啊，糟糕，時間……咦咦!?已經過了三十分鐘了!?啊啊，剛剛花太多時間在鋼琴上了。時間已經過了三分之一!?只剩一小時!?

「嗯——」

聽見小珠的聲音，我拿下耳機。隱約可以聽到從小珠的耳機外漏出來的樂音。不用說，光聽樂曲片段就知道她的配樂很厲害。

……不完美也沒關係，總之要先完成。立下這個目標後，我又把注意力拉回嘗試營造恐怖的感覺。可是，做不出來就是做不出來。恐怖感該怎麼呈現呢？恐怖感的配樂……嗯？啊，對了，把貝斯的音再調到更──低……喔喔！有「磅！」的感覺了！……是這樣吧？不管了，這次就這樣吧！氣氛做出來了！接下來是……啊啊，慢慢朝恐怖方向走去……也就是說，從這邊開始可以加進一些像是預告即將出現叢林的樂器吧。像是走路的聲音，「蹦」地一聲，用打擊樂器做出可愛感，反而有種詭異的味道，不錯耶。和「磅！」的聲音疊在一起……哇！聽起來超級恐怖！很好，很好，然後是向前走……聲音再漸漸變大，在轉向樓梯平台時，打擊樂器的聲音要最澎湃激昂！這裡就不管了啦！全部都發出聲音吧！酷斃了！

「唔哇!?只剩十分鐘！騙人吧!?」

時間的流逝速度太奇怪了。咦？時間怎麼會過得這麼快!?我以為還剩很多時間耶！……還要做什麼……啊，回歸安靜的感覺……

嗶嗶嗶嗶嗶嗶嗶！

「時間到──────！到此為止！」

「阿──！還有東西想加進去耶！拜託讓我放進這個音就好！」

「嘖嘖，不行。時間到了！呼——兩小時的效率果然很不錯！有種極限運動的感覺呢！」

「……時間也過得太快了？還以為剩很多時間，當我回過神來只剩十分鐘。」

「啊哈哈。我一開始也是這樣。」

「妳完成了？」

「完成啦。」

「唔哇——還真的在兩小時內……其實是一個半小時寫出一首曲。」

「那我們來聽聽看吧。妳看！我有帶無線喇叭喔。」

「喔喔，好耶！那我們馬上來聽吧。」

「看妳這麼積極，看來很滿意自己的作品嗎？」

「啊哈哈。雖然完全比不上妳，但以我的水準來說算是相當不錯吧。我覺得很適合那個場景。」

「這樣呀，那我一邊看漫畫一邊聽妳的配樂，聽聽彩葉想給聽眾什麼樣的感覺。」

「那，我播放了喔！」

下一刻，我編的配樂從小珠的喇叭流洩出來。隨著音樂鋪陳，各種聲音相繼響起。聲音比起用耳機聽更有魄力，尤其是看見樓梯平台變成一座叢林那裡，「磅磅！」的樂音相當震撼。

「到這裡結束。」

「喔喔——！很不錯耶！雖然感覺還沒結束，但已經很不錯了！」

「啊啊——再多三分鐘就好，最後那裡就能好好收尾。」

「沒關係，第一次就有這種表現，真的很厲害喔。跟場景很搭，想要表達的情緒也都很清楚地傳達出來了。彩葉，妳這次真的有善用音樂來創造氛圍耶。」

「嗯！聽妳這樣評價，我都想為自己感到驕傲了。」

「哈哈。」

「那，小珠，來聽妳的吧。」

「嗯。我的啊，妳就當作聽聽看專業音樂人會玩出什麼花樣。哈哈——」

接著播放小珠的配樂。她的版本把我想要表達的那種氛圍表現得更加淋漓盡致，但方向跟我稍有不同。因為我們理解這個場景的角度本來就不太一樣。非常酷，特別是看到樓梯平台變成叢林那一幕，富有節奏性的樂音完美營造出叢林感，讓我腦海浮現出大猩猩捶胸的畫面。

「哇——太厲害了。妳真的太厲害了。仔細想想，這次是我跟妳第一次用同一個題材寫曲耶！」

「對耶！還真的值得紀念。……我在技巧層面已經很熟練了，聽起來當然會更豐富，但在想法上，我跟妳差不多。從這個角度來看，我覺得妳的曲很棒喔！」

「真心話嗎!?我信心大增！啊啊，不過想要增進技巧的話，該怎麼做才好呢？」

「多玩兩小時作曲吧。在玩的過程中就能摸索出新的技巧喔。」

「喔！有耶！……那一幕詭譎氛圍，我就是一口氣把貝斯的音降到很低，做出『磅！』的低音！」

「對對，就是這樣。玩的過程中就會有這種收穫。然後，由於作曲的時間很短，所以也可以藉機檢視一下『自己平時慣用的方法』。不給自己一點時間壓力，就很難察覺「自身的慣性」。不過，妳今天選擇了自己能想到的方法中最快的一種，對吧？」

「說的也是。或許真的是這樣。要是多玩幾遍，好像就能先了解自己平時的思路呢。」

「沒錯，**打破慣性，靈感自來。有時就像撞車一樣突然蹦出來。**」

「……不過可以稍微休息一下嗎？實在有夠累。」

「我之前跟作曲老師玩這個遊戲時，連續玩了三次。」

「連續玩三次!?會出人命吧!?」

「啊哈哈，對啊，整個人虛脫，但吃到了老師特製的漢堡排早餐，超級開心。」

「小珠的老師也太猛了。很適合當妳的老師。」

「我們再來聽一遍如何？」

「請便。」

我精疲力竭地趴在桌上，看向神色愉快地聽著音樂的小珠。她背後……

——有個人影。

「咦？小鶯!?」

「咦？鶯？」

小鶯回到教室。我還以為她已經回家了。怎麼了？站在教室外面，神態有些扭捏。

「那個……彩葉學姊，可以聊一下嗎？」

「嗯，怎麼了嗎？妳回到家又跑回來嗎？」

「不，其實我沒有回家，是去找茉莉。」

「茉莉？」

小鶯身旁站著一個女生。應該是二年級的吧。她是小鶯的朋友嗎？

「總之兩位先進來吧！」

面對陌生訪客，小珠顯得有點緊張。

「……該、該怎麼說才好呢？」小鶯看著茉莉問了。

「我來說好了。初次見面，我是管樂社的副社長，二年級的門櫻茉莉。」

「彩葉學姊，還記得嗎？之前我跟妳提過一個朋友……」

「……啊，就是這位嗎？」

……那位充滿行動力、讓小鶯自慚形穢的朋友，看來就是這個女生。所以，她們上了同一所高中呀。她的穿著打扮很潮，但並沒有明顯違反校規。……怎麼說呢，就是假日會打扮得漂漂亮亮出門玩的女生。我一直以為管樂社的人就是規規矩矩、一板一眼，沒想到居然是這樣特質的女生在當副社長，真叫人意外。她看起來確實很活潑，有種個性爽快，行動力很強的感覺。原來如此，這個女生就是之前……

「呃……那個，小鶯的朋友，找我有什麼事？」

難道她是想加入作曲社嗎？但人家剛才已經介紹過自己是副社長。不可能。……她沒把我的慌亂語氣放在心上，沉穩地說道。

「美空來找我商量中庭演出的事，所以就和她過來一趟。抱歉，我們剛才一直站在外面看，怕打擾到妳們作曲……那兩首是兩小時內做完的吧？我都要懷疑自己的耳朵了。是說妳們好認真喔。」

「啊，沒有啦……啊哈哈，被別人聽到了，真不好意思……」

「尤其是那位學姊寫的曲好厲害！媲美專業呢。真叫人難以置信只花了兩小時……」

「喔……」

小珠因為有陌生人向自己搭話而開始感到不自在了。其實人家就是專業啦。要說出來嗎？

「啊，不好意思。我直接進入正題。聽說妳們想在中庭演出，但因為找不到指導老師，所以得不到活動許可。」

「對……」

這女生說話穩重，和她很潮的外表落差很大，但看久了反而給人感覺挺好的。

「管樂社或許可以幫上忙喔。我們最近也要在中庭演出，時間可以配合的話，或許能留一個空檔給作曲社。」

「咦？可以嗎？」

「可不可以要由我們的指導老師來決定。不過，我會試著說服社長和指導老師。」

「真的嗎!?有可能嗎!?」

「……那個，不好意思，我還不能向妳們保證。」

「沒關係！謝謝妳，門櫻！會不會給妳造成困擾？」

「不會。大家都是很認真在玩音樂。當然要相挺。」

「哎呀……說來有點慚愧。總之謝謝妳！」

「我會努力。」

「……我原本已經想放棄了。如果太勉強也沒關係，妳願意幫忙，我們就非常感激了。」

「麻煩妳嘍，茉莉。」

「嗯。應該很有機會。萬一不行，就先抱歉了。」

「小鶯，也真的謝謝妳。妳說今天有重要的事，原來就是這件事啊。早點說嘛，我就跟妳一起去了！」

「……因為還不知道行不行啊……所以我想說先去問問看……畢竟我也不曉得茉莉會有什麼反應，……其實沒做什麼事啦。」

「妳做得夠多了。……小珠！管樂社的人說要幫我們耶！」

「嗯，喔喔，我有聽到。謝謝喔。」

「學妹，她就是這樣，妳不要在意！」

「啊哈哈。那，時間差不多了，再不離開學校就糟了呢。」

「啊啊，大家快走！」

~~*~*~*~*~*

回家路上。我們四人一起走到車站，目送小鶯走進車站。我順口問了門櫻住哪，原來跟小珠家同方向，於是我們繼續一道走。三個人走在太陽西下，路燈已亮起的街道上。小珠有點怕生，獨自走在落後一步的位置。

「……總覺得，真不可思議耶。我居然有機會跟小鶯的朋友講話。」

「呵呵。我很久沒跟鶯鶯碰面了。」

「咦？很久嗎？」

「對。」

「鶯鶯是她以前的綽號嗎？」

「對。叫習慣了。」

「我有聽小鶯提起過妳。看到妳本人，才發現妳和小鶯是完全相反的類型耶。有種最佳拍檔的感覺。」

「……嗯？」

場面瞬間安靜下來。我講錯什麼話了嗎？

「我和鶯鶯其實並沒有那麼熟，山波學姊。……應該說，老實講，我一直以為她討厭我。」

「？」

「所以鶯鶯今天跑來找我時，我嚇了一大跳。」

「可是，小鶯跟我說，妳是她很喜歡的一個朋友……」

「鶯鶯這樣跟妳說嗎？」

「……對。小鶯講的那個人，應該是妳沒錯，大概……？」

兩人的話有出入。應該說，認知有出入。一方以為自己被討厭了，一方卻很喜歡對方？

「鶯鶯她，並不是那種會積極參與社團活動的人，常常不知道她在想些什麼……我以前也曾太過我行我素，勉強她處處配合我。當時我們很常一起行動，她大概很不自在吧。」

「是這樣嗎？」

「她偶爾會露出那種表情。雖然沒有說出口，但我隱約能感覺到。」

……應該不是妳想的那樣，門櫻。雖然感覺不自在，但那並不是因為討厭門櫻的關係。而是門櫻妳時常太過耀眼，令她討厭起無法像妳一樣的自己，才不由得垂下視線，我想只是那樣而已。……不過，這些話由我來說好嗎？好像不太對。當我還在想該說些什麼時，門櫻接著又說道。

「在社團時也是，我實在搞不懂她。我們國中的管樂社算是相當厲害，相對地要求也很嚴格。管樂最多只能有五十個人上台，所以社內經常舉辦徵選。鶯鶯雖然嘴巴上說希望被選上，練習卻沒有特別積極，我很看不慣她這種態度。她後來有被選上，不過她應該沒有很喜歡管樂吧？我總有這種感覺。」

「嗯……」

她說的肯定也是真的。門櫻眼中的小鶯，想必也是小鶯真實的另一面。

「所以我真的很驚訝。」

「咦？」

門櫻站到我的正前方，並停下腳步，目光炯炯地直視我和小珠。

「……她不斷向我低頭，拜託我一定要幫她的忙。……簡直像變成了另一個人似的，國中相處三年，不管是比賽、定期公演，還是考試，從來沒見過她那麼拚命。」

「『……』」

「到底是什麼改變了她？我很好奇所以才跟她過來。幸好我來了。學姊，妳們對她來說一定很特別。」

「是嗎？如果真是那樣就好了。」

「啊，我家往這邊，兩位學姊，我先走了喔。」

「嗯。今天真的謝謝妳，門櫻。」

「我會盡力傳達妳們的想法。那明天見。」

門櫻的確是一個熱情的女生。我或許能懂小鶯過去的心情。小珠又是不同的類型，但待在這種充滿活力的人身旁，難免會想很多呢。

「小珠，妳一直很沉默耶。」

「喔，嗯，抱歉。」

「不要誤會喔，我沒生氣。只是想妳怎麼都沒講話。」
「其實我有想和她交朋友，但是……不曉得該怎麼做才好。」
「啊哈哈！妳真的很怕生耶。」
「鶯竟然拚命拜託人家，這點讓我很驚訝。」
「嗯，她在我們看不見的地方拚命努力呢。」
「……中庭演出可以成真就好了呢。」
「嗯，這個，現在還很難說。」
小珠家到了，我騎上停在她家的腳踏車回家。儘管現在有了一線希望，我還是提醒自己別太期待。

今天就到此為止。

第十二話

中庭表演

山波學姊，謝謝昨天讓我觀摩妳們的社團活動。看起來非常有意思，我深受激勵。關於妳們希望在中庭表演的事，昨天晚上我立刻詢問指導老師了，老師回覆：「只要日期跟管樂社在同一天就沒問題。」另外，不好意思，作曲社的表演時間會安排在管樂社表演完之後，社員在收拾樂器時，就換妳們上台表演，請問這樣的安排可以嗎？只是這時候觀眾的注意力很容易分散。然後，演出時間請控制在五分鐘內。這樣的條件有點失禮，請妳們考慮看看。真不好意思。

管樂社副社長　門櫻

已讀
上午 8:27

我是山波！一點都不會失禮喔！這個機會對我們來說很奢侈！真的謝謝妳，門櫻。

已讀
上午 8:35

已讀
上午 8:35

已讀
上午 8:36

「小珠！小鶯！門櫻傳訊息來了！妳們看！」

「喔——！意思是管樂社的指導老師願意當我們中庭表演的負責人嗎！」

「太棒了！太好了呢，學姊！」

「真的太棒了。鶯，謝謝妳！都是妳的功勞！」

「不、不、不，我什麼都沒做。」

「沒錯，這都是小鶯的功勞。謝謝妳。」

「……茉莉，有跟妳說什麼嗎？」

「啊，說妳的事情嗎？」

「當我沒問，抱歉……」

「不用抱歉啦，小鶯！啊——最喜歡妳了！小珠，快點過來，我們一起抱住小鶯！」

「彩葉，妳太嗨了吧!?好痛，哎呀……不過，這下子終於能如願以償了呢。」

「嗯！我的夢境要實現了嗎！真的好期待喔！」

「我不懂妳為什麼對中庭這麼執著，不過看妳現在興奮成這樣，可見中庭演出對妳真的很重要耶。」

「對呀，我也不知道為什麼，但好像就是沒辦法想像在其他地方演出。」

「在校外演出可以站上更大的舞台，不是更棒嗎？」

「嗯。可是，感覺就是不一樣嘛。……我到底為什麼會對中庭如此執著呢？」

「不過，一定有妳的理由吧。」

「嗯。我沒辦法清楚地解釋……」

我最近漸漸覺得如果沒辦法說清楚也沒關係。因為我可以把感受寫成曲子啊。

「大概，是對我的青春計畫來說很重要吧。」

「嗯。」

「好，終於可以演出了！作曲社的初次表演定案了！雖然現在好像只能說我們是作曲同好會而已……」

「對了，哪天演出呢？」

「啊，那個啊，聽說是明天中午。」

「蛤？」

「什麼？」

「……果然，太趕了？」

「當然趕呢。」

「明天啊……」

「珠美學姊，怎麼辦……？」

「我是無所謂，應該應付得來。鶯只要有譜就行了吧？」

「對，勉強可以。當然希望給我多一點時間準備，但有譜也還行。」

「嗯，那彩葉呢？沒問題吧？」

「我不知道怎樣算是沒問題，只能傻笑了。」

「啊哈哈！那我們就一起傻笑吧！」

「不是笑的時候啦！明天中午就要上台了……我們要怎麼排練!?」

「這個真的沒辦法取巧。熟不熟練會影響演出成果。」

「我們還剩下幾個小時!?明天下午一點……所以是……還有二十一個小時！」

「妳是打算不吃不喝徹夜不睡嗎!?雖然我以前也常做這種事，但這次沒辦法啦。」

「那怎麼辦？」

「別擔心。今晚就來我家加緊排練吧。只是太臨時了，大概沒辦法過夜。」

「嗯，總之必須先練到一個程度……」

＊～＊～＊～＊～＊～＊～＊

「……因為時間不多，我就直接分配決定了喔。首先是演出當天要用的樂器，有『肩背式鍵盤』、『Venova』和『攜帶式電子鼓』。我會帶PA器材。」

轉移陣地到小珠家後，我們在小珠的樂器房裡挑選明天要用的器材。小珠口中的PA器材，好像是大型音箱。哦，這種東西叫作PA器材啊。

「明天早上，大家先到我家集合，我跟彩葉各搬一個音箱，線和混音器讓鶯拿。我會放進袋子裡以便搬運。一到午休就先把這些器材搬到中庭，找一個不會影響到管樂社的地方，架設器材和檢查都由我負責。Venona不需要試音，所以鶯到時候要注意周圍的情況，隨時跟我說有沒有干擾到管樂社。」

「演出大概會是什麼樣子呢？」

「開頭的信號是敲四下鼓棒。我會將那個聲音加進樂曲伴奏裡，不會現場敲。演奏用的曲會以stem……也就是音樂裡只有一部分樂器的聲音，再加上我們現場的演奏，合起來就是一個完整的演出。具體來說，就是現場會同步播放沒有肩背式鍵盤、Venova和鼓聲的伴奏帶。」

「原來如此。」

「今晚在這裡練出來的成果，明天就照原樣搬上台。不過伴奏檔的編曲還不夠精彩，我會設法再編酷一點。」

「……小珠太萬能了。」

「還好啦，就是把平常錄音時做的事拿來應用。我是沒在戶外表演過，但不管怎說，我畢竟是專業作曲人啊。」

「嗯。有小珠在，一定沒有問題。」

小珠稍微拿出真本事，不慌不忙就完成演出前應該要做的事。說來慚愧，我嘴上嚷嚷著想要一場演出，實際上根本不曉得該怎麼做。不過，原來要這樣做啊。

「鶯，妳需要譜，對吧？」

「對。只要有譜，就能吹奏。」

「彩葉的話不用譜吧？」

「嗯。反正我也看不懂。」

「好。各自的工作大抵已定。彩葉妳就『拚命背起來』，鶯的話只要『拚命練習』。基本上，妳們兩個負責的是旋律線。對了，來幫妳們編一些和聲好了。」

「現在嗎？」

「嗯。給我十五分鐘。妳們先在隔音艙裡自己練習一下。」

語畢，小珠回到她的房間。然後，小鶯立刻吹起Venova，開始吹一些像是暖身的練習。我則思索著該怎麼開始……

「反覆練習十二個調吧？」

這是我唯一知道的練習方法。一一彈出十二個調，十二種Do、Re、Mi、Fa、Sol、La、Si、Do。還有什麼咧？藍調音階？我還不曉得十二個調的藍調音階分別長怎樣，但試著彈看看吧。

「編好了。馬上接上器材。」
「十分鐘都還不到……太快了吧！」
「這個音箱搬到那裡。對，放到那上面。接著，把這條線插進那裡，再把這個像這樣……」
小珠動作俐落，迅速把音響器材一一架好。隔音艙瞬間變得有點擁擠。然後，小珠又把攜帶式電子鼓放到架子上，她看起來就像坐在坦克車上一樣。小珠的左右兩側都立著音箱，正面是攜帶式電子鼓，而電子鼓旁是存了伴奏音檔的手機。我和小鶯站在她前方。
「好，兩位就這樣站。啊，鶯，妳要的譜。」
「謝謝。」
「待會放的音檔，除了鼓以外，其他聲音都有，妳們就照著音檔的旋律演奏。我想多試一下鼓怎麼編比較好。我播放了喔。」
小珠實在太可靠了，才一轉眼的時間就進入了排練狀態。啊，音樂開始了！
喀滋喀滋，鼓棒敲出四次木頭質地聲響。然後，樂曲流洩而出。原來如此，是用這種感覺開始啊。我的部分……是這個旋律吧？小鶯的部分和我的部分用的音色不同，很容易分辨。我彈這個。好像可以耶？啊啊，又不行了，有些地方聽不太出來。此時，小鶯正專注看譜，小珠則打一些很酷的節奏。她們感覺……好像在演奏很厲害的音樂。

啊——這就是，練團！

「哇！相當不錯喔！鶯的狀態很好耶！我幫妳加的顫音樂句也吹得很完美！」

「不好意思，我吹錯很多地方。」

「沒關係，再練個十次左右應該就會進步。」

「……練習時間果然有點緊迫。不過，拚一下應該可以。」

「彩葉呢？剛聽妳彈好像有個樣子了。」

「不過，我彈錯一大堆。但旋律畢竟是我們自己寫的，倒是全部記住了。」

「再來就是看手指能不能跟上了。萬一發生最糟的情況——」

小珠露出幾分專業人士的神情繼續說道。

「不用完全按照我們寫的旋律也沒關係。萬一正式演出時，忽然搞不清楚自己該彈什麼的話，就即興發揮吧，用音階伴奏的要領。」

「可以嗎？」

「我是說最糟的情況啦。演出最禁忌就是陷入一片混亂，停下演奏。鶯的部分應該沒辦法即興，但彩葉的部分稍微可以。如果一發現情況不妙，妳就要當機立斷用即興撐到最後。」

「但我還是想彈大家一起寫的旋律。」

「那就多加練習吧！」

「好。」

小珠提醒我們一些舞台上的應變對策。的確，這首歌是我們的原創曲，除了我們以外，沒有人聽過完整的曲子，所以不用擔心被觀眾聽出破綻。雖說如此，但千萬不要發生最糟的情況。我還是想好好彈出原本的旋律。

「彩葉，我的意思是，妳不要給自己太大壓力。知道應變對策之後，應該能放鬆心情享受彈奏吧？」

「嗯。」

「當然也不能隨隨便便又有氣無力。『厲害與否只是第二重要』，用這種心態彈就好。技術雖然重要，但不是最重要。對業餘表演者來說是這樣。」

「嗯，我知道了。」

「好，那我們再來一次吧！」

＊～＊～＊～＊～＊～＊～＊

「啊，晚上八點了。……我得先回家了。」

「差不多該回去了。」

「我剛打電話回家時，我媽有點生氣了。」

「嗯，今天就練到這裡吧。」

雖稱不上是魔鬼教練，不過小珠對演奏上的建議比平常更加嚴格。就這樣，我們從五點紮紮實實練了三個小時。我現在明白自己應該怎麼練習了，再來就回家加緊練習。只要戴上耳機，就算練到半夜也沒關係吧。

「那，各自回家練習吧。」

「鶯，妳在家裡不方便練習吧？沒問題嗎？」

「對。不過，這次沒有複雜的樂句，有譜就沒問題。」

「好，解散吧。大家各自努力！」

……然後，我跟小鶯離開小珠家。外頭天色已徹底暗了，我先送小鶯到車站。時序已來到春天，夾帶寒意的風陣陣吹來。

「……這次，真的很謝謝妳。門櫻告訴我，妳拚命地拜託她。小鶯，我們能在中庭演出都是妳的功勞。」

「是嗎？……不，其實我也很想做這件事。」

「……？我以為只是我一個人一頭熱。」

「彩葉學姊，我……自從那次之後……」

小鶯的聲音一如往常般輕輕細細的，幾乎要被從旁呼嘯而過的汽車聲掩蓋過去。我只好更加集中注意力聆聽。

「我一直在想……始終想不出來自己到底喜歡什麼？想做什麼？但我也知道現在斷定結論還太早。」

「嗯。」

「不過我現在覺得這樣也沒關係。因為呢……」

小鶯用開朗的聲音，難得直視我的眼睛說道。

「我找到了重要的東西。」

「……」

「雖然還不清楚自己喜歡什麼？想做什麼？但至少我和以往已經不同，我現在學會將心情轉化成實體的曲子，這樣也很好不是嗎？」

自從那天之後，小鶯一定獨自消化了許多心情吧。她原本就害羞內向，卻一個人跑到自己沒認識幾個人的管樂社，拜託對方幫忙一個非正式的社團，對她來說該是多麼可怕的事呀。

「……妳果然很厲害。小鶯比我厲害多了。」

「沒這回事。彩葉學姊是我很尊敬的學姊。」

「尊敬!?哎呀，其實我真的是作曲菜鳥。我第一次見到妳時還跟小珠說：『我想成為受人尊敬的學姊！』……還拜託她幫我特訓。我自己也很清楚沒辦法成為受人尊敬的學姊啦，跟心目中理想的自己差得遠了。我很想成為……怎麼說呢，非常可靠的厲害學姊吧！……啊哈哈，我好像差遠了。」

「但我更喜歡現在的彩葉學姊。」

「謝謝。……怎麼有點肉麻耶！」

「啊哈哈。說的也是。那就先說到這裡就好吧。」

害羞到受不了的，是我。聽見小鶯的話音中流露出一股從容，我莫名高興起來。

「總之，好期待演出。」

「嗯！明天要盡情享受！」

～～*～*～*～*～*

隔天早上。我昨天一直練習到半夜，在鬧鐘響之前就自動醒來了。原來沒怎麼睡也起得來耶。可能是緊張感喚醒了身體。今天的早晨格外不同，我穿著睡衣走到外頭，沐浴在暖陽下，大口吸著空氣。

「我出門了。」

今天，我一直想做的事情，有一件就要成真了。儘管如此，一想到不知道自己能不能做好，就緊張到心跳加速。準備時間明顯不夠，但至少做到六十分了吧。當然，大部分都是小珠的功勞。

「早安，小珠，小鶯。」

「早啊，彩葉。」

「早安，彩葉學姊。」

我們最初的目的就是「希望別人聽見這首曲」。所以，彈奏得厲不厲害已經不重要，只要好好展現出這首曲的原有樣貌，就算完滿成功了。即便如此，這個目標對我仍舊是非常遙遠。

「那，來搬音箱吧。」

「唔哇——相當重耶！」

「學姊……還是我來背？」

「鶯，妳會被器材壓扁啦。裝了線材等東西的袋子就麻煩妳了。」

「好。」

——雖然那天做的夢是我的一個理想，但我並沒有奢求能做到那種程度。觀眾愈多，當然愈開心，但人數不多也沒關係。只要好好把歌曲傳達出去！

「好，第四節一下課，鶯先來找我們再一起走去中庭。」

「嗯。我有先問過門櫻，管樂社開始表演前，還有一點時間，我們也趁那段空檔架好器材。然後管樂社一結束，就輪到我們上台了。在我們表演的時候，管樂社會一邊收拾樂器。」

「嗯！所有事情都確認好了！剩下的就是享受站上舞台的時間！」

「好期待喔！真希望快點下課！」

「那就中午見了。」

「好！」

「中午見！」

現在正在上課。但我一個字也聽不進去，滿腦子全是演出的事。啊啊，好想練習，好想動動手指。想再一遍遍確認。昨天晚上練習時，算是勉勉強強可以完整彈完整首曲了，但細節完全不行，想再彈好一點。啊啊——好想翹課！怎麼還不下課呢！對了，用課本遮住，偷偷戴耳機聽歌呢？……好像太明顯了。要是被老師抓到，一定會被挨罵，甚至可能不讓我去中庭了。啊啊，受不了，快點下課啊……

～～*～*～*～*～*

「中午了！」

「中午了呢！」

「鶯來了！」

「好！走吧！」

第四節下課鐘聲一響，我們立刻小跑步踏出教室，在教室外面等小鶯過來。到齊後，我們出發前往中庭。

中庭是由四棟建築物圍出的一塊四方形空地。這樣一個空間在校慶等活動時，常作為表演舞台。平常午休時間，很多學生會結伴來這裡吃午餐或聊天。不過，今天明顯有什麼活動，一張張椅子被排進這個空間裡。數量是……大概有四十張？

「妳是作曲同好會的會長？」

「啊，對。」

「初次見面，妳好。我是管樂社社長，火箱十萌。我聽老師和門櫻提過妳們的事。今天能一起表演真是榮幸。請多指教囉，山波。」

「啊，我是作曲同好會的山波。請多指教。」

我不認識火箱社長，她是三年幾班啊？好熟悉的名字。眼前這位紮著馬尾、看起來精神抖擻的同學，頗有模範生的風範。我記得她的運動細胞很好。……想起來了，之前在運動會和體育性社團的同學一較高下出盡鋒頭的人就是她。原來她是管樂社的社長

「聽說妳們是自己作曲，很厲害耶。有機會能不能教我呢？」

「啊，那個，我們互相學習吧……」

她具有超齡的沉穩個性。我無法用言語形容，總之她的氣場很強。門櫻也具有另一種氣魄，看來管樂社的人都有不輸運動員的氣勢呢。

「妳們人好多喔，火箱。管樂社有幾個人？」

「社員有六十個，今天來了五十個。」

「五十個……」

五十位管樂社社員已經排好椅子，並且拿著樂器列隊集合完畢。我再次望過去，被他們的強大氣勢震懾呆了幾秒。有人的樂器看起來像是超級大的異形小號，有人的樂器則是大到比身軀還大。……還有形狀像槍筒附著一根吸管的樂器、很長的薩克斯風，形狀都好奇怪。很多把單簧管，和打擊樂器，也有小號。那個尪啷響的中國樂器叫什麼名字？銅鑼？長得像管風琴的樂器又叫什麼啊？啊，連木琴也有耶。好懷念喔。小學音樂課有稍微玩過。話說回來，人真的好

多喔。閃閃發光的樂器好耀眼！我回過神來，繼續說道。

「……管樂社都是背譜演出嗎？」

「？」

「啊，就是把樂譜背下來，不看樂譜演奏。因為沒擺譜架，所以我才這麼問……」

「喔喔，對啊。」

小鶯十分欽佩地看著管樂社。原來，對習慣看譜的人來說，不看譜就像是眼睛被蒙住的感覺。看來很厲害呢。

「我們的器材也都調整好了喔。」

「謝謝小珠！」

「謝謝珠美學姊。」

「接下來就等正式上場了。我們站到角落，不要影響管樂社。」

「『嗯。』」

演出舞台的正前方有一面牆，我們靠著窗戶下方的牆壁坐下來，從走廊那一側看不到這裡，正是絕佳聆聽表演的特等席。管樂社的五十個社員排成扇形三列，旁邊就是我們放器材的地方。我心裡不禁有點自豪，想臭屁一下，告訴附近圍觀的同學那些器材是我們的樂器。

「現在來調音。請在三十秒內結束。」

「「「「是！」」」」

「唔哇。」

我忍不住驚呼出聲。五十個人一起回「是」的聲音好響亮。接著，一個像是電子琴的樂器發出了一個音，社員們各自配合那個音發出聲響，調整一下樂器，又吹了幾聲，這應該就是調音吧？銅管樂器的管子會變長變短，好酷。

（……我、我開始心跳加速了。）

管樂社好像調完音了，所有人都靜靜坐著，神色中流露出一點緊張。可能是因為聽到調音的聲音，走廊上的人更多了，再次引來人潮，窗邊漸漸站滿了人。

「我們開始吧。」

「「「「是！」」」」

火箱站上指揮台，環視觀眾和社員的情況，面帶柔和微笑。她的聲音很小，彷彿在自言自語，但管樂社的社員似乎都聽見了，一同響亮地回應「是」。

「One，Two……噠、噠、噠、噠——」

火箱眼神凜然，收起下巴，高舉指揮棒。然後，在她揮下指揮棒的瞬間，音量大到像是發生爆炸一般，管樂社的演奏開始了。

（這首曲……是魯邦三世的爵士曲！）

（〈LUPIN '80〉！而且是電影《卡里奧斯特羅城》的版本。）

（啊啊！我就想好像在哪裡聽過！）

（小號的高音，真厲害耶……）

（我想沒幾個高中生能吹出可以聽的高音G吧。我們學校的管樂社好像真的相當厲害。）

老實說，能被觀眾聽出來是哪一首曲就很厲害了。這場演奏毫無疑問地可以收費了呢。唔哇——小號太強了！可以在這麼好的位置聽見這聲音，真的太幸運了。……應該說，我從來沒有在這麼近的距離下，感受這種音壓，其聲響的震撼力，讓我起了雞皮疙瘩。層層疊疊的音浪轟地逼近，令人油然產生莫名的感動。以前小珠好像也說過類似的話。不過，像這樣親身體驗過一次就會徹底懂了。

小號充滿魄力的樂句後，緊接著響起薩克斯風。然後，打擊樂器的樂手開口唱和聲，唱著「魯邦 魯邦」。不光是樂器而已。真厲害。結尾再一次演奏和前奏相同的樂句，為全曲畫下句點。不知不覺舞台周圍也已經擠滿了人。

「大家好！我們是管樂社！在午休時間打擾大家真不好意思！剛才演奏的曲目是〈LUPIN '80〉，也會在之後的管樂祭表演喔！請繼續欣賞接下來的樂曲。」

火箱的聲音很宏亮，響徹中庭，根本不需要擴音器或麥克風。很符合管樂社的形象。

「這首是今年大賽中要演奏的曲目。大家可能不熟悉，是一首氣勢磅礴如電影配樂的曲子。由羅伯特．威廉．史密斯（Robert William Smith）作曲的〈Songs of Sailor and Sea〉。」

火箱語調愉悅地講完曲名後，便轉身面對社員。——她的側臉明顯不同於剛才演奏歡樂的魯邦樂曲，轉而嚴肅沉穩。空氣中伴隨著一股顫慄般的緊張感，她和方才一樣向上揮起指揮棒，神態卻與方才截然不同。然後，又再次揮下。

這首曲子給我超越雞皮疙瘩的感動。這肯定是去年的我還沒辦法理解，是現在的我才能懂的東西。管樂社究竟下了多少功夫，在上台之前花了多少心血練習。可以清楚聽見每個樂器的聲音，而且這麼多人合奏，還得配合彼此，就像是樂器之間在對話或玩丟接球遊戲，時而分裂，時而合而為一，就像是鳥群或魚群整齊劃一地變換隊形那樣默契十足，令人驚嘆。在火箱的指揮下，聲音有時收至靜悄悄，有時又愈來愈大、不斷增強彷彿看不見盡頭一般。樂音十分符合曲名，絲絲入扣地描繪出大海波濤洶湧的一面，令人類為之敬畏的澎湃巨浪。這肯定不只是因為曲子就這樣寫的緣故，當中應該也有管樂社的用心，所以才能讓我們彷彿身歷其境感受到那一道道巨浪。……雞皮疙瘩爬滿全身的同時，我幾乎要流淚了。強而有力的樂音向我襲捲而來。

所有人用最奔放的能量一同演奏相同的旋律，以龐大音量堆疊出樂曲的高潮。管樂原來會做這麼大膽的呈現，我好驚訝。

……那場暴風雨過後，海洋恢復平靜，只剩海鷗飛過夜晚的海面，漆黑一片，卻又十分祥和。我不知道打擊樂器在這時做了什麼，但我好似聽見鯨魚的叫聲。他們在鼓棒上裝了好像球的東西，敲擊出巨型物體在海中緩緩移動的寂靜感。

然後，現在這裡肯定是朝陽升起的時刻。小號響起，船員們向著捎來暴風雨預感的波浪前行。他們已平安度過那場艱難的狂風巨浪，下一次的風浪一定也沒問題吧。正如預料，果然風浪再度來襲，而且比上次更加劇烈。他們有決心，不管面對再大的風浪，都能橫越這片海洋。樂曲結尾一面讚頌無邊無際的海洋，一面激昂地畫下句點。所有聲音都與指揮棒揮下的動作完美同步。

……我透過管樂社的演奏，真真切切地感受到故事情境。那些畫面隨著音樂在我的腦海中浮現。這時又讓我想起小珠曾經說過：「**作曲並不是具體描述，但卻能非常強烈地表達出作曲人的想法。**」或許直到今天，我才終於了解其中的真正含義。

演奏結束了。火箱俐落鞠躬，觀眾拍手歡呼的聲音大到讓我們嚇一跳。我記得棒球社跟管樂社的關係很好。火箱感覺想開口答謝，但歡呼聲太過熱烈而遲遲沒能說出口。看來管樂社相當受歡迎呢。

「謝謝！距離夏季大賽雖然還很久，但我們會持續練習這首樂曲，希望能入選關東大賽，拜託大家繼續為我們打氣！」

若我現在還是回家社的一員，根本沒機會親眼見識到社團活動的強大能量。有一群人很認真地玩社團，彼此切磋求進步，難怪比賽的氣氛都那麼熱烈呢。

「好！我們的演奏就到這裡結束，接下來是作曲同好會的演出！因為時間的關係，我們會同時收拾樂器，但請各位專心欣賞接下來的表演。那麼，我們請作曲同好會的各位上台！」

火箱一邊說，一邊將目光轉向我。

「山波，後面就交給妳們喔！」

「好。謝謝火箱。」

……等等？

……咦？

「妳怎麼了？彩葉？」

「……該怎麼說呢？」

「？」

「我們要在這種情況下表演嗎？」

——老實說，這完全出乎我的意料之外。眼前這個情況，遠遠超出我原本的設想。

原本以為管樂社一結束，觀眾就會散場。沒想到幾乎都繼續待在原地，等待下一場演出呢。是啦，音箱都擺在台上了，剛才火箱也說接下來還有其他表演啊。……話說，沒想到管樂社的中庭演出能聚集這麼多人。以前身為觀眾時很少注意周圍的人潮，現在變成演出者後，從舞台能看得很遠，第一次感受到人山人海的景象。……平常的中庭相當寬敞，此刻被活動的人潮、舞台、器材等占滿，而變得極為擁擠。在管樂社充滿震撼力的演奏後面……我們，到底是想上台做什麼？

接下來換我們演出？整首曲才勉強有個雛型的我們……認真的嗎？

「……呼——我開始感到興奮了耶。」

我想到什麼就說什麼，試圖讓自己冷靜下來。可是，完全沒用。心跳加快，嚴重反胃，感覺開口講話就會吐一般，嘔吐前會分泌的那種冰涼口水已擴散到整個口腔。我用力將口水吞下，壓回喉嚨深處。

「……呼。心情愈來愈激動了！」

我緊張到快受不了，反射性地看向小鶯。我都這副德性了，小鶯的狀況可能更糟糕……

「珠美學姊，不好意思，這首曲是四百四十赫茲對吧？」

「喔喔，對。四百四。這樣說起來，管樂通常是四百四十二赫茲。」

「對。謝謝。那就四百四十。」

……她們兩個在說什麼？小鶯看著某種像小型機器的東西，用 Venova 吹出長音。啊啊，原來如此，在調音啊。

「……小鶯，妳還好嗎？不會緊張嗎？」

「啊，還好。我沒問題。」

小鶯面帶笑容地回答我。為什麼她可以這麼鎮定？……啊啊，小鶯不是第一次在這麼多人面前演奏呢。只有我緊張到快要吐。等一下⁉若因為我出錯，而搞砸演出的話，該怎麼辦？是我太小看現場演出，原來不是只有開心的部分而已。意外狀況完全不在我的想像裡啊。……要怎麼開場呢……我想想……

「彩葉，妳還好嗎？」

「咦？怎麼了？」

「嗯，妳的臉色很蒼白。肚子痛嗎？」

「沒、沒有啊。」

（……要放棄嗎？）

「……」

小珠湊過來在我耳邊問，刻意不讓小鶯聽見吧。……唉，完全被小珠看穿了。不過，那句話真的令此刻的我無比感激。今天果然太勉強了？畢竟，我們昨天才開始練習，第一次就在這麼多人面前表演，而且還排在管樂社後面，光想就很可怕。這種時候不管表演什麼都很遜色吧。還沒上台，我的身體已經不聽使喚，手指也抖個不停。這樣肯定沒辦法好好彈琴。今天就先喊停吧。等我們練習到很充分再來……

「……小珠，我、我不會放棄！」

「……」

天哪，我在說什麼？想要帥也不是這樣，快說想放棄啊！要是搞砸，會連累她們，還是放棄吧！快！現在改口還來得及，不要逞強。小珠看見我的反應露出了擔心表情，又驀地恢復平常開朗的笑臉，推了我後背一把。

我強迫自己克制住身體的顫抖。心一橫開口說：

「因為，我等這天已經等很久了！這可是我們的青春計畫的第一步呢！」

「……嗯，我知道。我多慮了！好！那我們上台吧！」

沒錯。我一直想做這件事。

我不想高中生活除了讀書之外是空白一片。不管做什麼都好，我想盡情做一件事。若是這時逃跑了，可能也不會有下次機會。於是，我深深地吸一口氣，用自己最大的音量喊出來。

「……大家好！我是『作曲社』的山波！雖然我們還不是正式社團，只是同好會，但請大家聽我們的表演！」

觀眾依然留在原地等待表演，但掌聲稀稀落落，和剛才形成強烈對比。不過我將這些事都拋諸腦後，讓自己冷靜下來。回過頭，對她們說：

「……開始吧。小珠，小鶯。」

「『OK！』」

——這一幕，我日後一定會想起吧。

於是，我大喊。

「……接下來，請各位聆聽！作曲同好會的演出——『簡直像世界的色彩轉變了一樣』！」

小珠編的四下鼓棒敲擊聲宣告音樂開始。我告訴自己前奏的藍調音階樂句一定要彈出來，反覆練習了無數次。……儘管如此，這段前奏對初學者來說還是太難了。小鶯在我的空檔部分吹起游刃有餘的樂音，下一個樂句是我和小鶯一起彈奏出和聲。我集中全副注意力避免失誤。歌曲結構大致是藍調音階樂句作為前奏，然後是一口氣扭轉前奏藍調氛圍的兩段主歌，緊接副歌，以副歌樂句為動機的旋律，要彈得明亮、愉快。這首曲已經開始了。

……接著，我彈出A段主歌的旋律。雖然小珠說過「萬一彈錯，就用即興救場」，但即興也不容易。不過，一想到還有那一招，心裡也比較有底。就算彈錯也還有補救機會，不至於要喊停。……我八成會出錯吧。就算很拚命練習，但還是會出錯。可是我絕對不會停手，一定要堅持到底！

然後是B段主歌。準備轉到小調。從小鶯先開始，然後我再疊上去。樂曲一口氣奔馳到近系調轉調的B段主歌後半，再朝副歌加速，不斷往上衝，眼前的景色豁然開朗，簡直像是世界的色彩——

……我一邊彈肩背式鍵盤，一邊哼著副歌的樂句。由於沒有架設麥克風，觀眾可能聽不清楚我的歌聲。但我還是忍不住唱出來了。我留意著不要過度把注意力放在嘴巴上，小心避免右手的旋律出錯，一邊輕聲唱著副歌的樂句。

——其實，沒有其他社員也無所謂。作曲社就算沒辦法變成正式社團也無所謂。就像現在這樣，能把自己的心情用音樂傳達出去，我已經別無所求。如果要說還奢求什麼，會希望有人——某個像我一樣的人，能被這首樂曲觸動吧。現在這一幕，已經耀眼到有如做白日夢。

然後是尾奏。這裡絕對不能掉以輕心。集中精神到最後，再次用藍調音階俐落彈出樂句，做出一個帥氣的收尾，結束我們的首次演出。在小珠激烈的電子鼓聲中，所有人整齊劃一地發出最後一個音。

「謝謝！」

老實說我已經回想不起來表演結束後的事情，拍手聲是否熱烈？歡呼聲是否響亮？甚至不清楚自己怎麼走下舞台。演出結束後，我和小珠和小鶯聚在一起收拾器材。

「小珠，這個可以拔掉了嗎？」

「喔喔，沒問題，電源已經關掉了。」

「好。……奇怪了？抱歉，我好像使不出力氣，能麻煩妳嗎？」

「怎麼了？」

小珠正在整理包包裡的各種物品，聽見我說使不出力氣，便放下物品，走過來關心我。

「彩葉不舒服嗎？」

我看見自己的雙手抖個不停，不自覺笑了出來。

「啊哈哈，我其實很怕……啊哈……呵，現在還在抖呢！」

「哇，真虧妳還能彈完！不過，我不是說萬一出錯就用即興救場嗎？妳不是也因此放鬆很多了？」

「妳有說……哈哈。幸好順利彈完了，我太想和現場的觀眾分享那首曲的原樣……」

「嗯。」

「順利彈完，真的太好了！」

我眨著眼忍住幾乎要落下的淚水，笑著說：

「謝謝妳們，小珠，小鶯。都是妳們的功勞。」

「彩葉，是先有妳提議，大家才一起完成的喔。」

「我很開心。謝謝妳，彩葉學姊。」

「……嗯，真的很開心！好想再來一次！」

「希望下次有多一點時間！」

「真的！還有絕對不要排管樂社後面！」

「彩葉應該很希望這次演出能吸引新社員加入吧。」

「對啊。不過，已經無所謂了啦。」

「真的嗎？」

「嗯。我已經非常滿足了！」

收拾完器材後，我注視著空無一物的中庭。剛才在這裡發生的一切，對我來說是一段似夢似幻的時光。

內心懷著一股莫名的自豪，離開了中庭。

○最終話

「我果然還是想成立社團！」

「喔喔，怎麼了？彩葉。」

——那之後過了幾天，我們和往常一樣放學後留在教室裡。不知從何時起，我們已經將作曲同好會當作固定活動。

「哎呀，果然還是想成立社團。」

「但還是找不到指導老師，況且社員人數也不夠。……有什麼關係呢，我們還是可以作曲，還是可以表演啊。作曲同好會這名稱聽起來也不難聽。」

「嗯，是沒錯，可是……」

「對啊，而且我很喜歡現在這樣。」

「我也是，可是……」

「而且人數一多，就容易混亂，和新成員能否處得來還是未知數。現在這樣不也很好？」

小珠對於增加新成員似乎有一些抗拒。幸好她和小鶯算是意外合得來。

「……唔唔唔……知道了。可是，只要再找一名社員……」

「？」

「是這樣的，今天小悠主動跟我說想加入作曲社。小悠若是加入，離作曲社就更近了啊!?」

「喔。」

「小珠、小鶯、小悠和我，再一人就好！啊——有沒有什麼辦法呢！」

「唔哇！居然有四個人了耶。」

「——不好意思。作曲同好會的大家。」

「咦？啊！門櫻！上次真是謝謝妳！找我們有什麼事嗎？」

門櫻來到教室找我們。聽說門櫻和小鶯重修舊好了。兩人之間的心結似乎已經化解了。

「上次的中庭演出……」

「難道是……有人想加入我們社團嗎!?」

「啊，不好意思，並不是這樣。」

「……喔，我誤會了。啊，抱歉，打斷妳的話。」

「不好意思讓妳空歡喜一場。我們社團的指導老師被妳們的表演打動，替妳們詢問其他老師的意願，剛才得到消息，有老師表示願意擔任作曲社的指導老師，所以我趕緊跑來通知山波學姊。」

「妳說找到指導老師了!?……咦咦咦!?真的嗎!?」

「千真萬確。我也被妳們的表演打動了。那首曲也是作曲社的原創曲，對吧？看來管樂社得向學姊們多多學習。如果遇到什麼問題，歡迎隨時找我商量喔。」

「太好了，彩葉！不過，一直麻煩妳真不好意思，如果管樂社有想演奏的樂曲，我們可以幫忙採譜，編成管樂用的譜喔。希望有機會回報妳們這次的幫忙。」

「咦……珠美學姊還會採譜啊？」

「還行啦。要不要下次來玩？彩、葉、社、長。」

「……對耶！當然好！」

「鶯鶯，真的替妳開心，遇見兩位這麼好的學姊。妳改變很多。」

「嗯。各方面都要謝謝妳，茉莉。」

門櫻離開後，我們還沉浸在找到指導老師的喜悅中。我暗自打著算盤，希望能再完成一個自己設定下的青春計畫。

即將迎來黃金週的春季尾聲。青澀懵懂的我們攜手並行嘗試了各種事情，稍微有一點成長，也稍微跨出了嶄新的一步。我感到很充實，渴望嘗試更多事的冒險種子已慢慢發芽。

——心臟因這股預感而劇烈鼓動著。

完結

後記

你們好，我叫仰木日向。在此感謝已經閱讀過前作《作曲少女：14天做出來？我、我一點音樂底子都沒有呢，可以嗎？》的讀者，謝謝繼續支持這個系列作。距前作上市已過了三年（指日文原版），期間收到許多讀者的熱情回饋，促使我有動力完成續作。大家寄來的信，我和編輯都滿心歡喜地看過了。

寫作期間歷經幾番波折，第一版和第二版都被退稿，直到第三版才終於完成了現在大家看到的內容。非常感激編輯精準的眼光，沒有輕易讓第一版過關，提供我許多寶貴建議。

前作剛上市那陣子，在樂器行的新書分享會上有讀者向我提出疑問：「真的沒有喜愛的事物的話，該怎麼辦才好呢？」當時我回答了一些如何找到喜愛事物的訣竅，但內心一直很在意這名讀者的提問。於是，我向編輯談到這件事，並且有了初步的共識，我想再深入探討這個問題，希望提供有類似疑惑的讀者一點幫助。於是，續作中加入了新角色——美空鶯，鋪陳出故事的發展。嚴格說來，續作能夠順利推出，必須感謝那位讀者，非常謝謝你的提問。

另外是大家比較在意的樂理部分，續作中會有前作無法一次講完的觀念。不過，程度愈接近中級水準，就愈難用文字解釋清楚，但我會盡可能地讓大家都能理解。希望本書能幫助大家更加理解五度圈及轉調的基礎知識。若看了本書還是搞不太清楚這些概念的話，先在這裡說聲抱歉。我會繼續鑽研如何說明能幫助讀者更好理解。

我想感謝的人很多，特別是責任編輯片山先生，從頭到尾都很有耐心地協助我完成這本書。這次因為我的緣故，讓出版時程大幅延遲，給出版社添了很多麻煩，真的非常抱歉，也感謝你們的包容。過程中，我們針對故事的主旨、角色個性，或理論是否容易理解等細節，進行意見交換。當我們的想法出現分歧時，雙方也不會放棄溝通，會一遍遍確認彼此認知不同的地方。這樣坦誠且令人安心的合作方式，讓我能繼續撰寫本系列作品。

還要特別感謝まつだひかり老師為本書繪製了很出色的插畫。老師精益求精的魅力值得我們效法，這次很榮幸又有機會和老師合作。最後也要感謝負責製作、出版、銷售的所有工作夥伴。今後還請多多指教。

P.S. 希望未來還有機會繼續寫彩葉她們的故事，全力以赴活出精采青春的故事尚未完結。

2019年10月

仰木日向

地也感染到我。（我媽還跟我說：「妳最近看起來很開心呢！」）

上次從 Five Pennies 回去的路上，和學姊邊走邊聊，對我真的幫助很大。那之後我想通了很多事，很抱歉之前一度很沮喪，甚至想過或許沒辦法繼續待在作曲社了（對不起，我的想法很負面）。總是很溫柔的彩葉學姊特地來關心我，我真的很高興。

從那天起，我真的感覺到「簡直像世界的色彩轉變了一樣」。現在的我說不定也能找到讓自己開心的事。彩葉學姊是我的貴人。我雖然幫不上什麼忙，但我會更加努力，今後也請多多指教。

美空鶯

彩葉學姊

我不太擅長說話，所以改用寫信的方式寫下自己的想法，內容有點長，還請見諒。

我想告訴妳，我很慶幸遇見了學姊。聽了學姊講自己的過往和現在的想法，讓我由衷佩服。

最近，我突然發現「自己竟然沒有任何一項專長」，心裡很錯愕，也非常焦急。很希望畢業前，能培養一項自己有興趣的專長。雖然想嘗試新鮮事物，但一下子要我投入從未接觸過的領域，大概很難跨出這一步。就在這時，我看見了作曲社的海報。想加入作曲社是因為自己玩過一陣子樂器，不過聽到彩葉學姊的曲，又認識妳和珠美學姊之後，我更想加入作曲社了。這段日子帶給我很多驚奇，彩葉學姊和珠美學姊總是很開心的樣子，漸漸

國家圖書館出版品預行編目資料

作曲少女2/仰木日向著；徐欣怡譯. -- 初版. -- 臺北市：易博士文化, 城邦文化事業股份有限公司出版：英屬蓋曼群島商家庭傳媒股份有限公司城邦分公司發行,2024.11
面； 公分
譯自：作曲少女. 2：転調を知って世界が変わる私たちの話~
ISBN 978-986-480-394-1(第2冊：平裝)
861.57 113012566

作曲少女 2

原著書名／作曲少女 2~ 転調を知って世界が変わる私たちの話 ~
原出版社／YAMAHA MUSIC ENTERTAINMENT HOLDINGS, INC.
作者／仰木日向
繪者／まつだひかり
譯者／徐欣怡
選書人／蕭麗媛
主編／鄭雁聿

總編輯／蕭麗媛
發行人／何飛鵬
出版／易博士文化
城邦文化事業股份有限公司
台北市南港區昆陽街 16 號 4 樓
電話：(02) 2500-7008 傳真：(02) 2502-7676
E-mail：ct_easybooks@hmg.com.tw
發行／英屬蓋曼群島商家庭傳媒股份有限公司城邦分公司
台北市南港區昆陽街 16 號 5 樓
書虫客服服務專線：(02)2500-7718、2500-7719
服務時間：周一至週五上午 0900:00-12:00；下午 13:30-17:00
24 小時傳真服務：(02)2500-1990、2500-1991
讀者服務信箱：service@readingclub.com.tw
劃撥帳號：19863813
戶名：書虫股份有限公司
香港發行所／城邦（香港）出版集團有限公司
香港九龍土瓜灣土瓜灣道 86 號順聯工業大廈 6 樓 A 室
電話：(852)2508-6231 傳真：(852)2578-9337
E-mail：hkcite@biznetvigator.com
馬新發行所／城邦（馬新）出版集團【Cite (M) Sdn. Bhd.】
41, Jalan Radin Anum, Bandar Baru Sri Petaling, 57000 Kuala Lumpur, Malaysia.
電話：(603)9056-3833 傳真：(603)9057-6622
E-mail：services@cite.my

視覺總監／陳栩椿
製版印刷／卡樂彩色製版印刷有限公司

■ 2024 年 11 月 05 日初版
ISBN 978-986-480-394-1
ISBN：9789864803965 (EPUB)
定價 600 元 HK$200